抬頭看二十九次月亮

WAITING
FOR A
FULL MOON

張皓宸

CONTENTS

龍泉

故鄉像是住在身體裡的一抹懸日，
落不下，想放下。

我不是一個合格的成都人。

對成都這座城市的印象幾乎都是後天培養的：四川話是大學四年向室友學的；外地朋友讓我推薦好吃的館子，我只能打開點評軟體；問我景點，我只知道春熙路遊客多，寬窄巷子很文藝，錦里古街夠熱鬧，青城山是高中畢業才第一次去，峨眉山至今還沒去過；研究地圖時，後知後覺，原來成都的城市交通與北京一樣，道路都是環線。

我的成長環境特殊，因為家人工作的關係，從小生活在成都郊區一隅，名為龍泉。在那小小的航天城裡，匯聚了從各地過來的人，幾代人圍繞著「航天廠」工作，戀愛，安家，廠裡的人只會講普通話，廠區、學校和家的距離靠步行可達。子弟校和家屬院圍成了封閉的圓圈，那裡一半煙火一半清歡，是我記憶中的全部人間。

我四歲那年，外公帶我先到了龍泉，父母留在市外的山上工作。我一路扒著綠皮火車的車窗，滿目星光。初次見識小城，興奮不已，在外公家裡的木地板上打滾，拽著外公外婆一起追天上飛過的飛機。世界的模樣正式在我面前鋪展。我小學三年級時，父母終於調派過來，幾年未見有點陌生。飛機的轟鳴聲傳來，我爸想逗弄我，一把將我抱起，喊：「兒啊，快看大鳥！」我興趣缺缺，回他一句：「沒見過飛機啊。」

我爸放下我，看來重新培養感情這件事任重道遠。

記憶中的龍泉是個溫柔過度的小城，被一層不張揚的灰色覆蓋，像拉低了飽和度的老照片，潮濕陰鬱，沒有多少赤裸裸的晴朗。街道上人少不喧鬧，人力三輪車的鈴聲清脆入耳。夏日涼爽，冬季冷入骨，早晨上學濃霧籠罩，一兩米開外就見不到人了。冷氣像是碎釘子鑽進毛衣，穿多厚都沒用，凍得人動彈不得。

龍泉雖冷，但幾乎沒有下雪天，一呼一吸間只有熱氣團子。幼稚如我們，兩三個同學模仿武俠片裡練功的大師互吐「真氣」，還有人叼著圓珠筆，有模有樣地猛吸一口，緩緩吐出長氣。一看就是老菸槍。

現在想來，與外公外婆生活的那幾年，就是我嚮往的生活。我們住的居民樓前有一大片閒置的荒地，居民們挨家挨戶認領，修整成了菜地。我與外公外婆一起種菜收菜，在田埂間抓蟲子，與天牛對話，吹散淘氣的蒲公英，拔一根狗尾巴草放在唇間當鬍子，裝滿一塑膠瓶的螞蟻回家。記得第一次悉心照料的空心菜被外公炒了，我還哭紅了鼻子。

外公很會做菜，腦子裡長了食譜，平日從不顯山露水，只要出手必定一鳴驚人。啤酒鴨、糯米甜肉、火爆腰花、粉蒸排骨，還有麻辣小龍蝦……寫到這裡，我忍不住嚥了團口水。念念不忘，必有迴響，至今這些菜也霸占我下館子的必點榜單。後來意識到，不是我愛吃，而是外公會做。回到了哲學上先有雞還是蛋的問題，簡單來說，就是我愛吃他做的菜，四捨五入，愛他。

童年噩夢之一，父母在龍泉奮鬥了幾年，終於買上了自己的房子，這意味著我要從外公家搬走了。他們接我回到家的第一天，我咬了一口我媽精心烹飪的糖醋排骨，比鐵還硬比鋼還強，我號啕大哭。

也是從那年開始，我不得已正式展開龍泉的美食地圖。我家離學校就十分鐘步行的路程，這一路，八仙過海各顯神通。家門口攤子上的夾心麵包，中間有一條鹹味的奶油，一口咬下去，麵包的酥香柔軟裹著奶油一同在嘴裡化開，早晨的胃就醒了。瓦斯爐上的蛋香撲鼻，不用猜，雞蛋糕的推車前一定排著長隊。很多人喜歡鹹味，三成酸豌豆，七成肉末，分開炒香再混合，我喜歡巧克力醬加肉鬆，一定要很多肉鬆。雞蛋糕外皮金黃酥脆，內皮細膩軟糯，囫圇吃完，再來第二個，才算過癮。

賣涼拌串串的阿婆，出攤要看她心情，一週總有那麼幾天進城找她兒子。她拌的馬鈴薯太好吃了，一毛錢一串，紅油和白芝麻牢牢扒在上面，咬一口，脆的。如今我對馬鈴薯的挑剔都拜她所賜，不愛吃煮軟的馬鈴薯，涮火鍋朋友們都要幫我「盯梢」，稍不留神涮久了，馬鈴薯在我嘴裡就換了個物種。

校門口的珍珠奶茶，超大杯最划算，要加珍珠加椰果。還有像被子一樣的鋪蓋麵，佐著酸菜肉絲澆頭，每口都是幸福。但不能太貪心，麵皮咬不斷容易噎著。街上那一排的串串香店，隨意選，每家都好吃。雖然流行地溝油的傳說，他們的鍋底會來回用一整天，愈煮愈香，大夥才不在意，龍泉人的胃是鐵打的。

夜幕降臨，冷啖杯兒的桌椅在店門前鋪滿。其實為什麼叫冷啖杯兒，我至今也不知道，還一定要兒化音才夠味，反正就是喝酒擼串，只要燈火未暗，今天就不會結束。

如果把目光放到成都市裡，春熙路的龍抄手、玉林的串串街、望平街的蹺腳牛肉，還有本地人必吃的蒼蠅館子，不論它們是幾星評價，我心裡也難有波瀾。畢竟太陌生，美食是外化的情感連接。

對市區最熟悉的館子，只有肯德基。逢年過節的朝聖之地，吃到漢堡薯條是獎勵，被說了幾十年的垃圾食品，坦白講我到現在也喜歡吃。其實我們的終極目標是兒童餐的玩具，那個左手錄音右手說「紅包拿來」的哆啦A夢公仔，至今還擺在老家的書架上。

我小時候對吃這件事過於執迷，外公包的包子一口氣能吃十幾個，把主食當菜吃，全家都不懂克制。我媽有個光輝事蹟，前一晚給我投餵了一整盆剝好的龍眼，第二天上課，我牙齦和鼻子突然噴血，把老師和同學嚇壞了，再多衛生紙都止不住，最後被拉去了醫院。

青春期的我都是這樣胖過來的，靠噸位拉高存在感，可太內向，一看就好欺負。幾個貪玩的同學互丟我的課本，幾個回合下來封面就被撕壞了。我不敢吭聲，回到外公家趴在床上掉眼淚。外公過來哄我，我無處發洩脾氣，就責怪是他太放任我，把我餵胖了，沒有人會喜歡胖子。

外公不言不語，默默將那本撕壞的課本拿出來，用一張滑溜溜的年曆做了個封面，嚴絲合縫地黏在課本上，包好書皮，寫上我的名字。

我在《你是最好的自己》一書中寫過他，給他起名「捨不得先生」。這篇文章後來被選為中學語文考卷上的閱讀理解。其中有一題問：爺爺對「我」的愛表現在哪些方面？請結合文章進行概括。

作者本人親自來回答：表現在我肚子上的每寸肉，圓嘟嘟的笑臉，可以撒嬌哭泣的理由，感受幸福的能力，見著或未見的所有絢爛的痕跡；給了我故鄉。

龍泉畢竟帶著大成都的基因，遍地是茶樓。前去的客人主要不是為了品茗，而是搓麻將。我家小區對面，是著名的麻將一條街，無論什麼時段經過，屋裡都人滿為患。

學會打麻將之前，我想不通這些小方塊是如何讓每個大人如此流連忘返的。

印象中兩次半夜醒來陷入深深恐懼的體驗，都趕上了父母在麻將桌上通宵鏖戰。一次是上三年級，剛看完《媽媽再愛我一次》，夢裡都是我媽在耳邊唱「世上只有媽媽好」，環繞式催淚。流著眼淚醒來，見他們屋裡亮著燈，我媽的酒紅色大衣「癱」在床上，人不見了。半夢半醒間，我嚇壞了，以為自己被遺棄了，半夜衝去大馬路上喊他倆名字。另一次是他們有前車之鑑學乖了，人跑了，但是鎖了我的房門，我不能往大馬路上去，只能趴著窗戶哭天喊地，整棟樓的鄰居都被我喊醒了。事後外公對他倆進行了嚴肅的批評教育。

耳濡目染之下，這麻將我也會了。對麻將來說，只有不會打和愛打，很難有中間值。而打通宵是對麻將最好的尊重。我們一家對麻將的尊重，要麼是我和我爸帶著早飯，去迎接日出和茶樓裡的我媽，要麼就是我爸上戰場，第二天帶著早飯回家。也會有他們帶著我同進同出的時候，我搬著板凳坐在他們中間，時間悄悄來到半夜一點，他倆後知後覺，異口同聲：「呀！你怎麼還在這裡！快回去睡覺！」

這該死的默契啊。

沿著麻將一條街走到主路上，再向盡頭走就是龍泉山。

山上種滿了桃樹。每逢三四月，桃花漫山遍野綻放，如同罩上一層粉嫩輕柔的薄紗，那是我青春的祕密基地，承載了太多故事。開發前的野山幾抹蔥翠，路是被人生生踩出來的，我和夥伴們經常上來探險、郊遊踏青、燒烤。所有的煩心事在每一次遠望中都能雲散煙消。桃花天然曖昧，很多小情侶上山來談戀愛。那時懵懂，我們常常偷看別人牽手親嘴，思春的躁動在粉色的花蕚間同步綻放，於是桃花樹上被我們刻下了很多遍自己暗戀的人的名字。

外公外婆常來爬山，每條山路爛熟於心。有一年，外公在半山腰忽然小腿沒了力，直往山邊滾去，正巧被一棵桃花樹護住，撿回一條命。家裡人聽聞後擔驚受怕，拽他去醫院做了個全身檢查，命令他以後不能再爬山了。但這老頭不當回事，說自己命硬，執意還要上山。外公年輕時當過兵，朝鮮戰場收尾那年，有個美國兵夜裡潛入他們山上的營裡，一聲槍響，敵方的子彈打中守哨的外公，還好子彈射偏，只是打掉了他的帽子。從那一天開始，他每多活一天，其實都是賺到了。

外公常說，山上的桃花樹是有靈氣的，懂得照護人。這我承認，花期用力綻放，抖落一場春天，生出芳香撲鼻的水蜜桃。這些樹，一年四季都不閒著。

龍泉山上的水蜜桃遠近聞名，《詩經》中說，「園有桃，其實之餚」。洗好的桃子一定要先閉眼細嗅，那芳香沁人，像是開始一場心靈按摩的儀式。試著一大口咬下，清甜甘洌的汁水似一股清泉往味蕾裡湧入，每次咀嚼，舌尖都傳來潺潺水聲。太快樂了。

這些年在北京吃到的所謂龍泉水蜜桃，完全不是從前的味道。如今龍泉山被修成了小型的森林公園，桃花樹被砍掉大半。當年我們踏過的路變成石板路，遊客多了，那座山的靈氣也就此消失了。

龍泉山規劃後，我再也沒去過。準確來說，我已經很多年沒回龍泉了。當初覺得那幾條老街都好長，怎麼走也走不完，真正走到頭了，原來是長大的時候。

必須非常坦誠地說，或許我骨子裡對這個小城是帶著嫌棄的，畢竟因為身材被欺負的那幾年真的不好受。這裡裝載了不堪回首的貪嗔痴，生活習慣和節奏的不同早已注定我無法在這裡常住。但換一個語義，或許這笨拙刻意的迴避，是怕被更多的回憶波及，提醒我身體裡流動的情感。否則怎麼會原本只想寥寥幾筆帶過的故鄉，竟然不知不覺寫到這裡。

算了算，上次回龍泉是五年前，給我爺爺掃墓。我較少提他。我爸那邊的親戚見面次數不多，對爺爺稱不上熟悉，只記得他生前喜歡拿筷子蘸兩滴白酒給我嘗。他是二〇〇八年走的，我在醫院見了他最後一面，他就嚥了氣。我爸說，他是在等我。

那是我第一次近距離接觸死亡，也是第一次見我爸哭。

那年真的發生了好多事，所有人都在期待奧運會，我在準備高考。考前一個月，汶川發生地震，我看著搖晃的天花板不停掉落水泥塊和石頭渣，腦中跑馬燈閃過，全是父母的樣子。原來人以為自己將死的時候，最想念的人是爸媽，這情感紐帶或許呼應著出生之前，靈魂早早就與他們打好了照面，要在今生完成一場輪迴。當時通訊全斷，學生們擠在學校操場上等家人來接，我目送身邊的同學離開，父母才姍姍來遲。他們抱著我著急解釋，先去安穩家裡的老人了。我躲在他們懷中，鼻腔發酸，沒有人知道那場災難將去向何方。

餘震未停，我們在廠裡的空地睡了一週的帳篷，我背著拗口的數學公式，透過帳篷拉鎖的縫隙，看到了星星。

也是那一年冬天，龍泉下雪了，一下就是五天。可能是爺爺回來了吧。

後來我在成都市裡給父母買了房，可他們住不習慣，還是輾轉回到龍泉老房裡，寧願爬上爬下，說是鍛鍊腿力。龍泉來來回回就那麼大，走不出去，也不想走了。外公在視訊電話裡說著情話，說聽到我的聲音就可以睡個好覺了。他今年八十七歲，皮膚透亮，臉部飽滿，鮮有皺紋。聽說他有一套獨特的按摩手法，有機會向他取取經。

再多遐想，人事已非，他們像被埋在沙堆之下，在海水來回的侵蝕中，再也找不回來了。想吃推車上那個加了很多很多肉鬆的雞蛋糕，想去找那棵刻了名字的桃花樹，想找撕壞我課本的傢伙幹架，想問問賣串的阿婆，還在這個世界上嗎？

故鄉像是住在身體裡的一抹懸日，落不下，想放下。罷了，還能稱之為故鄉，是因為家人還在。

這悠悠年月，留痕自有輕重，想要後會有期的，又何止你我。離別聚散在龍泉，四季輪迴事如風。

三姊妹

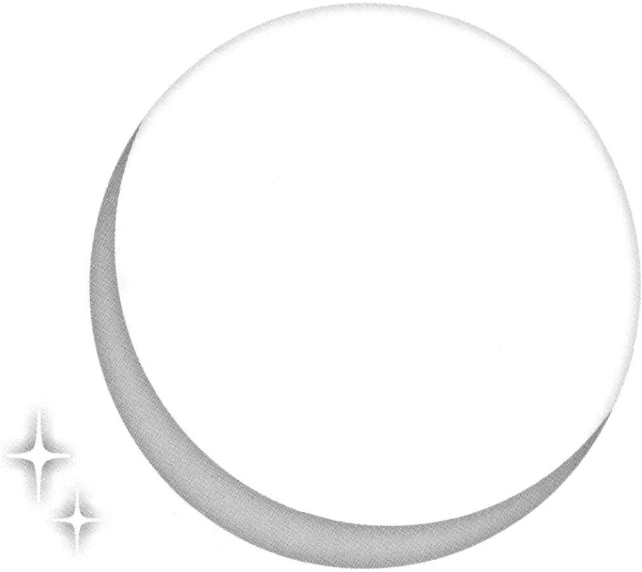

不變其實挺好，說句實在的，

過去的人比現在的人真誠。

倦鳥思巢，思鄉的情緒是小時候瞄準成人身體扔出的迴力鏢。只要我回龍泉，都是我家的節日，親人定會聚齊，暢快吃喝。這其中，我媽、二阿姨，小阿姨，三姊妹的嗓門，足以奏成一首交響曲。

外公給她們起名用心良苦，單名分別是「梅」、「紅」、「靜」。怎料名不如其人。在凜冽寒風中獨自開放的梅花，要與寒冬頑強爭高下，可我媽特別怕冷，一丁點磕碰就易哀，是家中的長公主。象徵順利喜慶的紅，在我二阿姨這裡也變成低調和寡淡，欲望極低，只想隱於人群，誰都不要注意她。相反，小阿姨很張揚，最不靜的就是她。

她們三姊妹在一起，化學反應微妙，總會因為小阿姨一個幼稚的觀點或行徑，讓我媽憂患意識上頭，循循善誘。「躺平」的二阿姨一身反骨，不以為然。三人陷入僵局，倒不是爭吵，只是各自說理的音量太高，好幾次我忍不住拿起桌上的電視遙控器，對著她們，按下音量鍵。

外公應該給她們改名，單名分別叫「小」、「點」、「聲」。

從我懂事起，三姊妹牢靠地圍繞在我的成長區間，相伴而生，相依而存。

女人在的地方，自有豐盛的情感能量場。我媽與我爸是高中同學，我爸從河北農村來，年輕氣盛，見不得我媽斷層第一的好成績，硬要與她較量。棋逢對手，兩人賽出感情。

有一回班上組織登山，我爸先爬上平臺，紳士地將女生們一個個牽上來。那是他第一次與我媽有肢體接觸。後來他說，其他人他都沒來電，只有牽我媽的時候，感覺心癢癢。我媽無動於衷：你這是在驗貨呢，臭毛病。

他們這段感情最大的阻力其實是我外公，以我爸的條件，外公嫌棄得有理由，倒不是苛責，只怪我媽太優秀。兩人被拆散，分手儀式訂在外公家樓下的花壇邊，我媽決絕地提出分手，頭也不回地離開。我爸呆愣在原地目送她的背影，在他的記憶中，雖然分手果斷，但遠遠看過去，我媽似乎在哭。

再講起這個故事，我向我媽求證，她說，哭啥，沒有太傷心，因為當時外公早已給她看過下一個相親對象的照片，還挺帥的。也是，公主怎麼可能缺男人。

畢業後，我爸媽都回了廠裡，他們分在不同車間。我爸天性好動，是廠裡的弄潮兒，帶起穿喇叭褲跳交際舞的風潮，靠糊弄人的筆桿子功夫給廠長寫演講稿，順帶給我媽寫情書。有情人的筆下，字字句句都是春藥，最終感動了我外公（以及我媽）。

感謝我爸堅信天道酬勤，以及外公的不殺之恩，才有我在這裡記錄這段趣事。

相較於我媽，二阿姨的愛情之路相對順利。

旅行是一場豔遇。當時兩個廠做聯誼，不過是去隔壁鎮上過了個週末的工夫，二阿姨就對踩自行車的二姨父一見鍾情，再難思遷。記憶中，只要有二姨出現的照片上，身旁都會有一輛二姨父的自行車。恍惚中，不知她嫁的是人，還是一輛自行車。

二姨父工作的廠房遷到了離龍泉五十多千米遠的溫江，外公含淚送走二女兒。接下來，壓力給到我小阿姨。

小阿姨是折騰型選手，懵懂的自我剛發芽，生長速度旺盛。相親過程中，她毫不避諱展示真實的自己，千金散盡也要買包，乾吃不胖，不著急生孩子，一套很年輕的玩法。她談過幾次戀愛，男人沒見過她這種可愛女人，都招架不住，節節敗退。

其中有一段感情，她陷進去了，表現在破天荒摘掉近視眼鏡，配了隱形眼鏡。那時我剛上初中，經常見她在屋子裡偷摸搠飭小盒子，還有一瓶巨大的貼著英文標籤的塑膠瓶，我總以為這是什麼神祕的化學物品，再加上她的工作單位叫「保密科」，我腦補了不少懸疑橋段。

那個男朋友對我們很好，家裡第一臺小霸王學習機就是他買的，他還教我和我表妹玩《魂鬥羅》和《超級瑪利歐》。我撫摸著遊戲手把，世界打開了一個新維度，我祈禱他們會相守一生一世。

對大多數戀人來說，永恆也許是很長時間，也許就止在明天。他們分手的時候，男人將小霸王學習機拿走了。小阿姨在床上嗷嗷哭，我和表妹交替著哭。

好壞都是邂逅的一部分。小阿姨最後找了個當兵的小姨父，人高馬大，出快拳，拳頭揮在我們眼前，一手作勢拍打自己的胸，砰砰響。我們不住地眨眼，被逗得開懷。當人心居無定所，習慣向外漂流時，有人在浪中張牙舞爪，其實是在呼喚一塊浮木。

小姨父應該就是小阿姨的那塊浮木。

小阿姨婚後依然喜歡揮霍，像是個永遠長不大的女孩，對萬物都好奇。我媽經常以這點來教育她。這幾年我自己的金錢觀成形，勸過我媽，錢不是存出來的，會花才會賺，宇宙之神告訴我們，質量是守恆的。

我媽反唇相譏，她不信神。打麻將憑直覺，玩我的那些電腦遊戲也不看攻略，從不算命，因為容易聽進去，起心動念，都成了不好的因果，最後折磨她自己。

她曾經信過鬼神。

龍泉周邊有座廟宇叫石經寺，香火向來旺盛。我們第一次到廟裡是我八九歲時，我媽無比虔誠，帶我跪完了每一尊佛，結果回來我就發高燒，燒了一週才退。自此身體堪虞，三不五時就上醫院打點滴，沒少折騰他們。

我以為她因此不信因果和命運，就是個橫衝直撞的凡夫俗子。直到幾年前，她與朋友旅遊回來，告訴我差點出意外。成都周邊的野山多是迂迴的盤山公路，路面狹窄，路邊也幾乎無遮擋，非常考驗司機的技術。他們自駕遊，同事開的七座車，下山路上剎車忽然失靈，直接向下俯衝。司機沒忍住叫喊，車上的人亂作一團，一個我媽很信任的朋友不聽勸，當場跳車。車上有人開始哭，我媽近乎絕望了，還好司機最後穩住，沒有棄車，猛打方向盤，選擇讓車撞上山體，靠阻力讓車停下來，才沒有衝破拐彎，飛下山崖。

講到這裡，她眼眶被淚薰紅，選擇告訴我她藏得更深的一件事。在我之後，她其實打掉過一個孩子，後來不止一次夢見過他。如果質量真是守恆的，她認為自己這一生都在為此接受大大小小的懲罰。

我突然懂得她半輩子的謹小慎微，與她那些過分沒有安全感的邏輯和解，更聽到了遠去二十多年，她牽著我的手，跪在神明面前的念叨和懺悔。

大人用年歲裝滿的經驗，我曾經不屑一顧，但在他們身上發生的故事，足以撐破我所有理所應當的認知。

其實不怪她啊，是時代欠她的。

不著急生孩子的小阿姨，在婚後第二年懷孕了。

小阿姨懷孕是家裡的大事，生人勿進。她太瘦，肚子占據了她半個身體，醫生也說她的身體很難保住孩子，需要好好照顧。全家照辦，十月懷胎，結果小姨父胖了一圈，連外公外婆都圓潤了，小阿姨的體重只是多了一個肚子裡的我弟。

她生產那天，我媽早早守在醫院。我弟出來後，她整個人都是迷糊的，沒力氣看孩子，淚痕掛在睜不開的眼睛上，甘皮焊住嘴唇，我沒見過她這樣虛弱的樣子。她雙唇微微開合，聽不太清楚，大概是想說看看孩子。我媽坐在一旁，讓她省力氣，少說話，用棉花棒擦掉她嘴上的牙垢。

二阿姨激動地從溫江的麻將桌上趕回來，第一時間去產房看了我弟，來到小阿姨身邊，第一句話就是，小不點怎麼像個猴子。

虛弱的小阿姨被悶頭一擊，嚇得一口咬住我媽手裡的棉花棒，眼淚撲簌撲簌地掉。我媽拽著棉花棒，嚷嚷道：「你們都給我出去！」

二〇一七年初，尋常的一天，二阿姨暈在麻將桌上。

她陷入深度昏迷，病危通知書是我媽簽的字。醫生說她腦子裡有個瘤，要開顱。頭髮已經剃光了，結果醫生又改口，說可以微創手術。剪掉的頭髮回不來，還好昏迷的二阿姨不知道這個烏龍。

二阿姨被推進手術室，我媽與小阿姨，還有家裡幾個男丁留在外面。外公外婆至今都不知道當年二阿姨的病有多嚴重。後來我問過我媽，為什麼不告訴他們，如果，我是說如果……該如何交代。她回答得沒有一絲猶豫，她說當時站在手術室外，心裡就是有個聲音告訴她，不會有事的。她從未這麼堅定過。

我相信她的回答，因為她所剩不多的堅定，一次是養大我，另一次就是從鬼門關那裡，帶迷路的二阿姨回家。

我再與二阿姨見面，她已經出院，原本齊腰的長髮變成平頭，視覺衝擊難免讓我鼻酸。還好家裡人多，努力將翻湧的情緒嚥下。回看齊整的一家人，好像改變了很多，又好像全無變化。

頭兩年二阿姨還是有後遺症，走路晃悠，掌握不好平衡，說話控制不住眨眼。現在調養得好，已無大礙，能繼續打麻將，就是還不敢上飛機。她從未離開過四川，或許生活的地圖就此成了巴掌大，但比起不自由的遺憾，仍擁有生命的地圖，對我們一家來說都是件極大的幸事。

最新的照片裡，二姨父騎著自行車，因為這些年照顧二阿姨，憔悴不少。二阿姨意氣風發地坐在後座，雙手環著他的腰，眼裡都是光。我看得淚目，她果然嫁給了一輛對她很好的自行車。

前陣子與朋友聊到一個有趣的話題。這個世界上，有三種動物絕經後不會死亡，分別是人類、虎鯨和領航鯨。對其他生物來說，一旦停止繁殖，生命也將走向終結。這個進化難題，連達爾文都無解。

由此看來，作為人類，每一位女性生命的意義從源頭開始，就不止於婚姻與受孕。成為母親，只是她們的能力，而更廣闊的生命品質，是成為自己。

「女性主義」是現在被頻繁提及的敏感詞，排開那些絕對的、非黑即白的、極端的表述，至少在我家的三姊妹身上，我看見了想像中的女性的樣貌。

她們這一代人，有刻在骨子裡的保守和傳統，那也歸於時代困境的濫觴。她們身上有我們無法企及的堅韌，可以因為愛走進一段關係，也可以因為教條住進婚姻的圍城。生孩子是她們的選擇，她們用了很長時間證明自己的選擇是對的。經歷過大大小小的事情，即使做不到完全自我，也對愛的人絕對真誠。

我成人後，只要回家，三姊妹仍會聚在我身邊，用永遠打不散的熱鬧，比從前音量更大的吵嚷，盤問我那些出走的記憶與情感。晚上躺在床上，耳畔還縈繞她們尖厲的聲音，嘰嘰喳喳，響個不停。

我曾經一直誤以為自己見過更好的世界，總想給家人最好的，顯露自以為是的覺悟。這其實是一種急迫，你看那些著急的人，都不怎麼好看。

不變其實挺好，說句實在的，過去的人比現在的人真誠。

就好像每年春節，他們還是照例給我壓歲錢。不管我今年已經成為多麼乏味的大人，仍然喜歡聲聲喚我的小名。我小名叫樂樂，或許我骨子裡不是快樂的人，但被他們叫著叫著，竟也成真了。

偷書賊

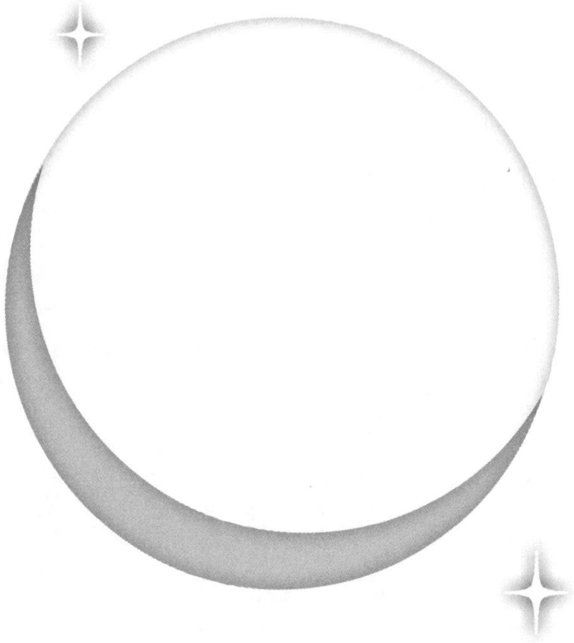

你瞧這些白雲聚了又散，散了又聚，
人生離合，亦復如斯。

再進入三味書屋是需要勇氣的。

一日放學路上，鎮上幾個高年級的男生圍上來，讓我交出零用錢。我剛用一週早餐錢買回當月的漫畫雜誌，拿不出分毫。其中一個高個子男生不由分說地翻了我的書包，掏出雜誌，眉眼微抬，問我書哪裡來的。我指了指老街對面的三味書屋。

他扣下我的書包，教唆道：「給我偷本出來。」

他們要的漫畫，與我理解的漫畫不同。

不是《老夫子》、《機器貓》之流，而是日本情色漫畫。那是當時男生們視若珍寶的「生物教材」。畫風精緻，劇情緊湊，三不五時就有香豔場面當作料。男生們並排擠在書架前，裝腔作勢地認真閱讀，滿腦子都是高潮，欲望沸騰。

那個貨架實在太熱門了，我就有幸擠進去看過一次。終於碰上能容納我身材的地方，我擠在其他人中間，滿目燦爛，一整牆的日本漫畫，隨意取一本翻開，大尺度畫面直擊眼球，性啟蒙從那一刻開啟。

說回偷書。

因為緊張，我憋了滿肚子的尿，提肛夾臀進了三味書屋。老闆娘嘴裡叼著菸，正在看小電視上的ＴＶＢ（香港電視廣播有限公司）港片。她認得我這個常客，沒有半點防備。日本漫畫的位置在店門出口的右側，好幾個男生正在並排看。我刻意在其他書架間逡巡，裝作書太多挑花眼的樣子，最後掃興而歸。出門前，從夾縫中順手拿走了一本漫畫，塞進校服裡，頭也不回地衝了出去。

室外天光耀眼，我埋頭看路面，不敢與任何人對視，微微側頭偷看老闆娘有沒有跟出來，直到確認安全。一路感到下體浪潮湧動，這種酥麻的感覺，像是坐過山車時向下俯衝，巨大的恐懼和亢奮襲來，做壞事生出的惡之花，結成精神上的甜果，咬一口，格外酣暢。就像偷梨的奧古斯丁在《懺悔錄》裡說，他之所以偷鄰居的梨，並不是真的喜歡吃梨，而是出於自己對邪惡本身的愛好。這使得這件事變得更邪惡。

我用那本情色漫畫換回了自己的書包。回家路上，我邊走邊掉淚，深感自己變成了惡人。

「三味書屋」這個名字是老闆娘起的，她本來是金庸迷，想叫「桃花島」。開店前一刻，覺得魯迅更有文化，「三味書屋」更像是一個書店的名字。三味書屋開在我學校旁邊，從校門出來，向左行個兩百米，就能在十字路口看見。

店面原本不大，後來老闆娘將旁邊賣羊毛褲的店面盤下來，打通成一家店。雖然面積大了，但教輔資料也只占一小部分，雜誌、小說和閒書居多，因此成了同學們的後花園。

她是初代營銷高手，只要城管不來，一定將書攤支在店門外面，C位擺上當期的雜誌，或者韓寒、郭敬明、小妮子等人剛上市的小說。即使城管來了，她也能見招拆招，從對街的麵店端上來兩碗冒著熱氣的豌豆拌麵，再遞上兩包菸，陪他們擺個龍門陣。她是老菸槍，與城管吞雲吐霧間，就能處成熟人。

偷書之後，我再沒去過三味書屋。

直到每月必買的雜誌上市，老遠就瞄見它擺在C位的攤頭上。我在書店門口徘徊許久，著實忍不住，小拳頭一握，上前嫻熟地撿起一本，淡定自若地進屋掏錢。過程中老闆娘都不抬頭看我一眼。我給了她二十塊，她逕自接過，塞進胸前的抽屜裡，沒有下文。我愣在原地，囁嚅道：「找……找錢啊。」老闆娘捏著菸頭，朝我噴了口菸，嗆得我連連後退了幾步。她用捏菸的手指了指出口的貨架，說：「上次你拿的那本，我當你賒帳的。」

此話一出，千斤重，我能感受到脊椎瞬間彎了些許，從腳底升到面頰的熱流，像是從地底升出的爪，在臉上劃拉出一片紅暈。我貪婪地深吸一口氣，索性想下一秒從地表消失。

少年僅剩的一點自尊，像是攀爬在玻璃杯中的兩口紅酒，不消喝，就見它兀自在杯中晃蕩。我不再敢去三味書屋，寧可輾轉四十分鐘的公車去成都市裡的書城。那段時間有多提心吊膽，表現在出了校門都不敢往三味書屋那邊走，即使去了，也刻意走在對面，每一步都祈禱不要遇見老闆娘。恐懼鑽進腦子，遠遠見到一個身材與老闆娘相近的女性就發怵，聞到菸味犯噁心，聽到「魯迅」兩個字都後背發涼。

三個月後，與三味書屋同一條街，幾步之外，開了家更大的書店。正紅色的高亮招牌，與市區看到的無異，這是開在龍泉的第一家連鎖書店。走進去，彷若進入了潘神的迷宮，貨架向遠處無限延伸，書籍種類繁多，讓人眼花繚亂。知識的海洋沒見識過，知識的長江反正是有了。

這之後，我幾乎再沒見過老闆娘。

比起山川荒原，城市都是非常脆弱的，龍泉小城，自有野趣。我外公家樓下，有一條相對寬廣的街道，直走可以綿延至龍泉山的山道。夜幕降臨後，這條街會變成夜市。冬季晚上五點，夏季晚上六點，每逢開市，絳藍色的天幕鋪在車來車往的普通水泥路上，像是魔術般長出生氣，小商品、服飾、電器、玩具……各類攤戶前門庭若市，星星點點的燈亮起，一幅熱鬧的人間景象。

同學們經常去買些小玩意：對勾的假球鞋，漂亮本子，明星海報，編手繩的繩子，潮流衣裳。我閒晃，分明聽到有人在叫我，她叫的是「帥哥」。我聞聲向鋪子中心望去，看見了三味書屋的老闆娘。

她在賣童裝，說那家連鎖書店進來後，三味書屋沒生意，不能乾耗著，這叫曲線救國，白天開書店，晚上來夜市擺攤。我實在很難支持她現在的生意，問她為什麼賣童裝，她說，與男人分開了，留了個兒子給她，她可以不活，得讓兒子好好活。這些漂亮衣服可以先給兒子穿。

黑夜裡總有什麼要亮起來，不是她攤頭的燈，就是她的心。

老闆娘像株雜草，換個環境，也能存活。因為賣書攢下的關係，與很多街坊關係熟稔，童裝生意也做得風生水起。為了賣童裝，她戒了菸，她覺得小孩子的衣服上，不能留下菸味。她聰明，在童裝攤頭上放自己書店的廣告，都是當下最火熱的童書，買書也送童裝的折價券，互相引流。

早年的夢幻聯動。

她學那些服裝店做了會員制，購書有折扣梯度，最高級別的會員每個月還有贈書，以及免費借閱。她還去影印店找人設計了小冊子，印著新上市和即將上市的小說，讓我與幾個同學幫她在學校裡發放。在貝塔斯曼書友會來之前，她就有了類似的模式。

不過一年的時間，三味書屋旁邊的那家連鎖書店搬空了，換成了連鎖文具店，然後變成一家鴨腳火鍋店，後來落得什麼下場，已經在記憶中褪了色。只記得龍泉人口中每每提到這家如洞穴般的店面，都非常神祕地斷論，此地風水不好，無論是哪個老闆接手，都倒楣。

老闆娘的童裝生意沒做下去，街口的三味書屋仍舊堅挺。重新裝修後，書店招牌從過去的普通藍底白字變成了一幅淡咖色的水墨畫，店名的玄青色書法字體寫得筆走龍蛇。新裝的玻璃門上，印著一隻卡通貓咪，旁邊有一行俏皮話：「書到用時方恨少，肉到肥時方恨多。」幾乎完全戳傷還是個胖墩的我幼小的心靈。後來知道這是選自金庸先生寫在《鹿鼎記》裡的一句可愛的笑料。

高中畢業後，我去市區上大學，很少再回龍泉。隨著當當、亞馬遜這些線上購書網站出現，驚人的折扣讓實體書店寸步難行。人們接受新事物的速度太快，也擅長遺忘，我也漸漸很少去書店了。再路過三味書屋那條街的次數，都不需要掰著手指數，也就一兩回吧，還都只是遙遠的照面。

北漂十年石火光陰，被我遺忘的人與事，足以建成一座城。多年前回龍泉，外公家樓下的夜市被取締了，煙火街道褪回成一條沒有人氣的柏油馬路。高中的母校被市教委接管，老校區大刀闊斧地改裝，連校名都變了。此後母校只存在於我的記憶中，這也成了不小的遺憾。

校門外向左走兩百米，來到熟悉的十字路口，道路兩旁樹影疏朗，三味書屋早已不見蹤跡，人如浮萍寥寥。老闆娘可能早就忘了我這個曾經的偷書賊。

你瞧這些白雲聚了又散，散了又聚，人生離合，亦復如斯。

我沒見過老闆娘的兒子。

聽人說，她兒子其實夭折了，丈夫因此才離開她，否則怎麼永遠都只見她一個人，從未有人見過她口中的「兒子」？我不相信，她那麼拚命，揭開命運的傷疤，寄希望於書店中的一撇一捺，肯定是想證明自己可以照顧好孩子。想起那年，她朝我噴的那縷煙，打散了她的面龐，即使我們沒有對視，仍能覺察她的美好。手上的菸灰如此寂寞，才配得上她這麼多年的踽踽獨行。

那條老街上，能開一家小店的人，隨便問一個，身上都背著故事。他們在黑暗中秉燭，無視命運的流離，或許只為一點希望。

去遠方的皮蛋

選擇相信他們的謊言，

不是因為年紀小，而是我願意。

小時候養過一隻狗，大概是中華田園犬和白色長毛京巴的混血兒。父母帶回家時牠還不到兩個月，捧在手心脆弱得像個糯米團子。他們讓我取名，五年級的我被委以重任，眼球一轉，看過的動畫片角色悉數列隊舉手。視線掃過籃子裡的水果，家具電器，最後停在桌上那盤我爸吃剩的涼拌皮蛋上。

我腦幹缺失，定名為皮蛋。

接下來放學的期待，除了動畫片，還有皮蛋。我們養狗前得到了很多過來人的建議，什麼東西能吃，什麼要避免。地上放好塑膠盆，打算慢慢教牠正確拉屎尿的方式，結果皮蛋天性聰明，四隻小腿蹦躂著就知道在盆裡解決衛生。牠不挑食，毛髮也生得好，黏人適度，懂得迎接和目送，絕不在你忙碌的時候有半點打擾，是一隻情商頗高的狗間小天使。

那時同學們流行養電子寵物，有了皮蛋，我就不顧那些數據的死活了。帶牠出去特有面子，我跑兩步，牠就屁顛屁顛地跟上來，走到哪裡跟到哪裡，必須確保我在牠的視線範圍內。牠喜歡圍著我打轉，不在意讓世界充滿愛，只想讓我的周圍充滿愛。

年紀小的時候，我對長大懸懸而望，當第一次感覺到被需要時，我終於離想像中的大人又近了一步。

懂事的傢伙有糖吃，父母都很愛皮蛋，全家皆大歡喜養了牠一年。某日正常放學回家，皮蛋沒來門口迎我，我已經預感有事發生。

屋內沒開燈，父母面色沉鬱地坐在客廳，皮蛋不知去向，我著急尋根究柢，我媽低頭不語，最後是我爸開的口。他們帶皮蛋去同學聚會，因為打麻將沒注意，拴在門上的狗繩鬆了，皮蛋自己溜了出去。找了牠幾條街，也沒見著。

我當然用盡了所有無賴的方式對抗這個意外，我不接受，癱倒在地上撕心裂肺地哭，而後幾天茶飯不思，見到父母就掉眼淚。

我失了魂，路上見到一條狗，就朝牠喊皮蛋的名字。像是提前進入暮年，來回翻看相簿裡皮蛋的照片，嘴裡念念有詞，不知在說什麼。父母嚇壞了，一週後，我爸買了一隻近乎一模一樣的米克斯回來，告訴我找到皮蛋了。小時候不懂事，但我不傻，只能努力做到善解人意，當一切不曾發生。

這位新朋友脾氣不好，我叫牠「皮蛋」，牠不屑理我，總在夜裡叫喚，也不會圍著我打轉，無視裝屎尿的塑膠盆，無論我怎麼教牠，牠都一定會尿在地上。唯一欣慰的，是牠喜歡舔人，我到現在還能記得牠舔我手時，那小舌頭上的黏膩感。

當時一直有個未解之謎，我們看不見牠的屎，以為是消化不太好。後來有一日我提早放學，到了家發現牠正咬著自己的屎，用大快朵頤的方式證明牠真的是狗這個物種。我攤開手聞了聞氣味，只覺反胃，打開水龍頭猛搓，肥皂用了大半塊。

或許牠也意識到我的嫌棄，從此夜裡叫得更歡，半夜尤甚，吵到我們無法入眠，鄰居上門投訴過很多次，無奈最後我爸還是將牠送了人。我一絲掙扎也沒有，就像是斷了線的風箏，我捧著寶貝線軲轆，深知風箏丟了，不再騙自己了，這就是普通的線團。

我斷了養狗的念想，卻在接下來幾年，啼笑皆非地攤上一個小小的詛咒，轉型變成了寵物殺手。萌寵荷蘭猪，買來的時候說生命力頑強，家裡人不過吃了頓火鍋的時間，再去看牠，已經魂歸西天。養了一年的兔子，一直安居在外公家的窗臺上，有一天突然想不開，跳樓了。生態盆景裡的觀賞魚，大魚吃小魚，活到最後的那條，自己餓死了。校門口買的那種染色雞仔，兩塊錢一隻，都養不過三天，好不容易有一隻破了紀錄，養足一個月，眼看身上的染料褪去，生出天然的黃色毛髮，結果被我剛滿兩歲的表弟，拎著雞仔的細腿，當玩具往地上啪啪地砸。年紀輕輕就成了殺雞凶手。養得最久的那兩隻倉鼠，外公用鐵絲和襪子給牠們做了窩，每日準點投餵菜葉和開水煮過的白肉，兩年時間將牠們照顧得白白胖胖。好景不長，其中一隻先走了，沒過多久，另一隻開始圍著襪子窩瘋狂轉圈，活生生將自己轉死了。

哭笑不得的經歷還有，做值日偷吃學校對街的重慶小麵，狼吞虎嚥時嘴裡發疼，只見筷子上夾著一半蟑螂，剩下一半在我嘴裡……好像這個不算寵物。

動物們造就的童年陰影，像是幼兒園午休的孩子，牢牢躺在我的回憶裡，偶爾睡著，偶爾睜眼打鬧，偶爾號啕大哭，無時不在提醒自己對生命照護的責任。如今我不再養任何寵物了，即便心底憐愛，也盡力保持一點冷酷感，至多會去貓咖狗咖貓頭鷹咖，買毛絨玩具聊以自慰，或是向別人家的寵物示好。

工作室有隻英短，我經紀人養的，陪她從潮濕的上海弄堂，一路打拚到北京。經紀人當年接牠回家的時候正在聽權志龍的歌，就給牠起名龍龍。這起名方式與我的涼拌皮蛋異曲同工啊。

龍龍這隻胖貓很妙，不知世故而世故，誰買的貓薄荷多就黏著誰，沒有相處期，癱在地上大方地露出肚子任你擼，蜷著四爪，眼神渙散，好生快活。如果別人家的貓會說話，第一句肯定是：「不要摸我。」龍龍只會說：「不要停。」

有一年我們做新書宣傳，連續在外跑了兩個月，經紀人當時還住在上海，託室友幫忙照看龍龍。其間，室友打來視訊電話，只見龍龍腦歪眼斜，全身抽搐，去了好幾家寵物診所都看不出毛病。經紀人遠程輾轉聯繫上寵物專家，專家複看後，說龍龍的各項體徵的確都正常。這疑難雜症讓醫生都起了好奇心，張羅各地專家線上會診，最後初步判定是寄生蟲感染，回家吃藥觀察。

等經紀人趕回家，龍龍就好了，以一整晚帶著責怪的哼唧和在她床上撒尿作為懲罰。這分明是胖貓刻意為之的奇蹟，只為榨取主人憐愛，趕緊回家。無法想像有一天我經紀人脫單，龍龍或許會統治人類。

我們一致覺得龍龍的行為舉止像人。一位持修的大師去經紀人家做客，她很喜歡龍龍，指著牆上那幅經紀人從印度請回的唐卡，說：「主人出去的時候，龍龍會在唐卡前禮拜，不信的話裝個攝影機看看。」經紀人驚恐不已，連連搖頭，表示並不想看到這一幕。

寵物通人性不奇怪。我相信靈魂是有交集的，不管肉身是何物，只要相處得久，每一處粒子，都會在對方身上振動。

龍龍有個表兄弟叫罐頭，是我一個遠在廣州創業的朋友養的。牠們家族的基因強悍，再優越的頭身比，最後也會落入殊途同歸的胖。因為罐頭太胖了，一天的運動量就是跳上主人的辦公桌以及趴下。這樣躺平的日子過了好幾年，一日清早，罐頭莫名出走不見了。

朋友調取監視器，發現牠是在快遞小哥進出的空檔鑽出去的，速度之快，令人不可置信。他們找了牠幾天，最後是在離家五千米外的小道上找到的。

都說貓會預測到自己的死亡，但牠們不會選擇在主人面前離世，所謂深情，往往正是沒有做好告別的準備，於是遠遁於一個藏匿自己的地方，悄悄離開。

朋友將罐頭的骨灰倒入海裡，哭著給我們發來影片。只見整個海面如同破碎的銀河，隨著捲動的浪泛起藍色螢光，不住地朝岸上湧，像是一聲聲遲來的再見。

儘管在網上搜一下，就知道這是海洋生物體內的化學反應，它們大量聚集在海面且靠近海岸的位置時，海岸就會泛起螢光。但我們寧願相信這是罐頭的召喚，牠借用這些發光的浮游生物，安排了一場浪漫的告別：請你好好生活，也請你，稍稍記得我。

或許這世間所有的巧合，都是愛你的人安排的結果。

看過一篇博文，說獸醫最崩潰的瞬間，是幫寵物進行安樂死的時候。因為大部分主人都不忍心在病房看著牠們進行注射，所以寵物在世上的最後一刻，其實都在焦急地尋找主人的身影。

寵物無條件愛你，而被寵物喜歡，比被一個人喜歡的幸福指數高太多了。看多了人與動物之間的情感，再回看人與人的關係，那些戲謔、暴戾和猜忌，反噬己身。貓貓狗狗從不吝嗇展露自己的愛與需要，我們與人交往時，卻對尋常的悸動都束手束腳，想要每一句「我愛你」都換來同等劑量的回應。

每一隻寵物用牠們的一生，教會主人兩件事，即使你再糟糕也愛你，以及世界拱手送上的所有驚喜你都配得上。

有一年我回老家，外公做了一大桌子菜。人愈老愈愛回望過去，他們聊我小時候，忘記是誰開啟話題，我講起走丟的小皮蛋。外公撇撇嘴，說牠哪裡是走丟的，牠早死囉。小阿姨和外婆在旁邊使眼色，他才意識到自己說溜了嘴。

當年我們住的老房子，燒洗澡水的熱水器在廚房。那天我媽給皮蛋做完吃的，覺得廚房暖和，順手關上了門，等她洗完澡出來，皮蛋已經沒了呼吸。她為此偷偷哭過很多次，看《忠犬八公》的時候在我身後抹淚，《一條狗的使命》上映，說什麼也不再看了。電影裡，狗狗轉世很多次，也能認出主人，好可惜我見過那麼多狗，至今皮蛋也沒有認出我。

其實我也有個祕密沒告訴他們。

我們家晚上睡覺沒有鎖門的習慣。我有天夜裡醒來，聽到我媽在哭，我好奇蹲在門口，聽見我爸安慰她的話。

我早就知道皮蛋走了。

選擇相信他們的謊言，不是因為年紀小，而是我願意。至少在那個平行世界，聖誕老人會在平安夜送來禮物；公主和王子都能幸福地生活在一起；那隻第一個飛上太空的地球生物，名叫「萊卡」的流浪狗，沒有因為太空衣隔熱不佳而失去生命，還在地球軌道上暢遊。

就像我的皮蛋很勇敢，於是獨自去了遠方。

瘋人願

在這個複雜世界裡，

誰不是有驚無險地長大？

與濤同學認識是在情緣網咖裡。

這是龍泉的第一家網咖，距離我學校兩條街，接近問題少年常出沒的長征北路。那條路上，撞球館、遊戲廳相擁，步道上的菸販和狗販子神出鬼沒。走到頭，直通職校後門。江湖上多少血雨腥風發生於此，我這等愚昧少年很少踏足。

剛上初中那時，因為噸位大，我常被班上的男生「特殊照顧」，新生運動會上，有人故意推選我去扔鉛球。我只是虛胖，奮力一丟，鉛球脫手，在三米處安穩落地，裁判老師傻了眼，圍觀同學的嘲笑聲毫不客氣。

我卑微到地縫中，是我發小將散成沙的我捧起來，當著那一圈認識或者不認識的同學喊：「有本事你們來丟啊！」

下一個班的男生上場，輕鬆丟出九米遠。於是嘲笑聲更甚。發小氣急敗壞地拉著我離開人群，即使我知道很多惡意是無法改變的，我也感激她的仗義，從此成了她的男閨密。

印象中她很會唱王菲的〈流年〉。「有生之年，狹路相逢，終不能倖免」，副歌這句假音聽得沉醉，常讓她重複唱給我聽。

一日，她故作神祕跟我說，以後還想聽她的假音，就幫她一個忙。

發小情竇初開，喜歡上一個初二的學長。下課鈴是暗戀的鼓點，她拽著我到二樓，假裝打水，晃著水杯經過他們班。只見她目視前方，眼珠子擠在眼尾，齜牙咧嘴地向我示意：「最後一排，靠窗。」我們經過後門，我問：「哪裡呢？」她不爽，又拽我往回走：「你瞎啊，白不拉嘰的那個！」

我終於看到了濤同學。確實，他在陽光下有點耀眼。現在想來，他在我回憶中的樣貌，也許是有點皮膚病的，他白得不健康，貼近鬢角的頭髮幾乎發黃。我不記得他的五官了，但肯定是個標準意義上的美人。

濤同學也看到了我們，和我四目相對，發小慘叫一聲，拉著我逃之夭夭。

發小讓我幫她追學長。具體計劃是先派我打入敵軍內部，負責滲透，再透過連帶關係，讓她坐收漁利，直接俘獲敵軍。

長征北路的街道上彌漫著一股頑劣之氣，發小跟蹤過好幾次，情緣網咖是濤同學放學常來的窩點。那是我第一次進網咖，從小連遊戲廳都只是路過的我，邁出的步子都提心吊膽。網咖內部光線混濁，煙霧繚繞，人們像是在修仙，根本沒人注意到站在門口的弱小的我。

在兩排黑乎乎的電腦桌後，我一眼瞧見了發光的濤同學。他的鄰座空著，正合我意，我強裝鎮定，逕自落座。好在八歲時我就已經擁有自己的電腦，開機的基礎流程早已爛熟。我裝作網咖老手的樣子，看著Windows開機的進度條一臉虔誠，成竹在胸，直到界面跳出一個登錄框。完蛋，這是啥？我著急忙慌在鍵盤上亂輸入一通，撥弄半天滑鼠，無果。

「你得找網管給你開卡。」濤同學突然開腔，指了指在吧檯上睡覺的中年男子。

顏面盡毀，我乖乖叫來網管，終於進入桌面。各色樣式的遊戲圖標密密麻麻占據視線，讓我看花了眼。儘管像《仙劍奇俠傳》、《紅色警戒》、《軒轅劍》這類最火熱的單機遊戲已經來回玩了數次，此刻的我也如同一隻跳上井口的青蛙，驚覺外面的世界原來這麼大。

濤同學全程在旁邊玩一個看上去畫風很幼稚的遊戲，幾次心理掙扎後，我主動問他在玩什麼。他說：「《夢幻西遊》。」

之前我在雜誌上瞧見過，時下流行所謂的網路遊戲，但奈何我爸媽還沒給我開通網路，記得那時上網是要用撥號聯網的，上了網，家裡的座機就用不了了，整得頗有儀式感。那個Internet（互聯網）的「e」圖標對我來說，就像是美味的奶油蛋糕，我就是隻不住搓手的蒼蠅。

全然忘記此行目的，我伸著脖子看濤同學玩了好一會兒。他突然問我：「想玩嗎？」我點點頭。「我可以帶你。」濤同學給我申請了個帳號，在我眼前鋪開網遊的網路地圖。他說：「這個遊戲要花錢，十五塊錢的點數卡可以玩三十多個小時。」我掐指一算，等於兩本雜誌錢以及若干冷鍋串串和雞蛋糕，太不划算，只得眼巴巴望著他，用眼神向他求助。好在他秒懂，補充道：「沒關係，人物九級之前不需要充點數卡。」

於是一個六十多級的大唐帶著一個剛建號的龍太子在新手村殺海龜，經驗值儲存在槽裡，只要不升上九級，就可以一直待在新手村免費玩。他說：「你什麼時候準備好了，再出去。」

這一準備，就是一個月，畢竟下個月的零用錢還在路上。我們在東海灣泡了一個月，送上萬隻海龜上了西天，最後我們成了朋友。

發小從我這裡打聽濤同學的喜好。我家連上網後，她常來找我玩《夢幻西遊》，我倆玩同一個帳號，平攤點數卡費。後來濤同學也上我家，一機雙開，帶我們打怪升級。發小用星星眼望著他，暗湧的情愫堆在她背著手摳弄的指甲上，因為緊張而拔掉的倒刺，疼得她夜夜叫喚。

記得他倆第一次正式認識，是在我生日那天，我刻意留座，讓他倆窩在客廳的小沙發上。發小全程表演甜美文靜，含笑捂嘴，連唱生日歌都用夾子音。後來她在網遊裡抓到一隻珍貴的變異寶寶，連連幾個「×」渾厚地脫口而出，濤同學才醒悟，女人果然是善變的。

成人的時候，我們其實有兩個身分證，一個是十八歲那年正經辦的那張，另一個是自己的第一個QQ（聊天軟體）號，那是千禧年弄潮兒的入場券，友情升溫的戳印。我的QQ號是濤同學送的。那些年，我給予這個QQ號親爹般的照顧，花錢買紅橙黃綠青藍紫鑽，買衣服，養寵物，研究空間代碼，寫非主流個性簽名，起的網名叫「離天堂8英尺[1]」。發小問我為什麼是8英尺，不是9英尺，那1英尺做錯了什麼。濤同學故作深沉，他替我解釋道：「8代表無窮大，還有個類似的形狀叫莫比烏斯環，它只有一個面和一個邊界，象徵著不斷的循環，不斷的重逢。」

我其實就是隨手寫的，8，「發」嘛。還是膚淺了。

當時全校都流行掛QQ等級，我趁著父母睡著，偷偷開電腦掛機，著急想讓那些星星月亮變成一個太陽。除了上網，班上的另一個流行活動是寫交換日記，像是紙上論壇，多人參與，互相在同一個本子上點名留言。

我將日記本給了濤同學，參與者的格局從本年級直接擴張到初三。濤同學也給我面子，從不回別人，只給我留言，課間還常下來找我聊天。畢竟有學長光環，班上同學們都看在眼裡，男生們再也沒找過我麻煩。

語文課的作文命題，寫「我的朋友」。我寫的就是他，還成了範文，老師讓我在班上念誦。我說我們是走在莫比烏斯環上的兩個旅客，無論從哪裡出發，都會重逢。

如果他在現場，或許更動情，只差臨表涕零。

這期間還有一齣插曲，發小拍完大頭貼，剪下最大的那張，送給濤同學。結果被濤同學還回來了，說收別人的照片很奇怪。我著急上火，拉著發小到他們班，直接替她表白。濤同學一愣，說只想好好學習，不談戀愛。

發小原本羞紅的臉刷成死灰，嘴唇瞬間都白了。她哭了好久，責怪我破壞了她的計畫，半個學期沒與我說話，還暴飲暴食成了胖妞。年少的暗戀枯萎，抖落花瓣，只剩突兀的尖刺稈子。

好好學習不是嘴上說說的，濤同學的成績一直是年級第一。期末的彙報表演上，他作為學生代表上臺接受表彰，脫稿的一大串感言讓麥克風都忍不住發出長鳴。我捂住耳

1　英美制長度單位，1英尺合0．3048米。

朵，抬眼看他，光芒萬丈。原來有人就是可以擁有樸素的生活和遙遠的夢想，無須天寒地凍，不必路遠馬亡。

臨近期末，濤同學送給我一張動漫展門票，這是西南地區最大的一次動漫展。我們約好逛展，我灰頭土臉地撥開人群，來到約定的位置前，見有人裝扮成《棋魂》裡的藤原佐為，一眾女孩子圍著他拍照。定睛再看，那分明是濤同學。

沒想過他還有這樣的本事，化妝後的眉眼冷峻又神祕，白晰的皮膚配上一身冷白的長衫，更顯邪魅，手上緩緩晃著一把摺扇，紫色綢緞在袖間飄搖，漫畫中的人物有了生命。

他看到了我，將我從人群中拽出來，帶我在展館裡閒晃，不忘介紹他的coser（角色扮演者）朋友，一路接受行人的注目禮。雞犬升天的驕傲和興奮從我腳底直衝腦門，讓我頭皮發麻。

結束後，他邀請我去他家吃飯。認識一年多以來，濤同學從未提過自己的父母，更何況邀請我去他家。回去的公車上，他將換下來的衣服塞給我，讓我幫他裝著，到家再給他。想來應該是讓我幫忙分擔負重。

他家離我家大概十五分鐘的路程，靠近龍泉中心，最新建成的高級社區，門口有保全值班那種。家裡也亮堂耀眼，不像我家，即使吊燈開到最大，也感覺暗沉。我被餐廳那面巨大的翡翠擺飾牆鎮住了，原來這就叫有錢人家的孩子。他的父母都很面善，見我也熱情，只是回到家的濤同學，完全變成了另一個人，他竟然會向父母問好，像是日本動畫片裡那種見外的禮貌。他撒謊說剛在我家做完作業，流暢得如同漫展的事沒有發生過。

他帶我去他的房間。房間內收納整齊，床上鋪好的被褥不捨得顯露一寸褶皺，沒有明星或者動漫海報，牆上和書架上悉數被獎狀和獎杯占據。濤同學趁他父母不注意，讓我拉開書包，取出他的裝扮衣服，藏進床底深處的箱子裡。

那頓晚餐吃得憋悶，席間大家的話很少，記憶中都是夾菜時碗筷碰撞的聲音。他的媽媽友好地問了我一些無關痛癢的問題，我剛答了半句，她就將話題轉到自己兒子身上。幾次下來，我也沒有交談的欲望，只想這頓晚餐快些結束。

他媽夾了一大塊魚肉給他，他爸自然地接過話：「你看，你媽把最好吃的部分都給你了，她就只吃魚尾巴全是刺的地方，你要加油啊！」

濤同學只是笑了笑。

我咬著筷子，沒敢再動那條魚。

我好像理解了他在家的過分懂事和在外的過分叛逆。很多中國家庭的親子關係裡，犧牲感特別重。父母造了一艘巨大的方舟，他們卻站在對岸，眼淚如注，喊話讓孩子好好生活，爸爸媽媽只能幫你到這裡了。他們無視孩子伸出的手，無法對他們身體和精神的雙重壓力產生共情。他們本可以一起上船。

那些愛的箴言，從童年時代就迴蕩在我們腦中，成為成年後最可怕的精神詛咒。即使我們做得已經足夠好了，可面對他們還是有愧疚，因為父母的愛摻雜著犧牲，這需要用一生來償還。

就像那晚濤同學告訴我的一個祕密，他早知道父母其實感情不好，都是為了他，才沒有選擇離婚。

一家人都在以愛之名互相欺瞞。

濤同學說，他的願望，就是好好讀書，離開家，去很遠的地方，去成為自己。他說，希望我們都能誠實地面對自己。

青春最大的善意，是公平地給每一個人的情竇沾染水分，次第花開。儘管扮演著父母眼中的三好生，濤同學初三那年，還是戀愛了。他寫了封情書，我給他改了改。投遞之前，龍泉發生駭人聽聞的命案，長征北路的綠化帶上，有個男生被職校的小混混捅了，據說是情殺，女主角就是濤同學喜歡的女孩子。

自此以後，我們更不願走那條長征北路，情緣網咖也再沒敢去。濤同學的情書，成了未竟的告白。

濤同學升上高一，我準備中考，我們的聯絡漸少了。他們班搬到教學樓三樓的尾巴上，他的QQ也不常上，遊戲也玩得少，我登錄上去，他的頭像都是灰色的。

有一回放學，他約我吃串串香。一段時間未見，他看起來疲憊不堪，幾天未洗的頭髮油得一縷縷耷拉著，像是發亮的海草，白晰的皮膚全無血色，恍惚看上去，如同冷面的吸血鬼。我們全程沒聊遊戲，他也沒再參加過動漫展活動，我們有一搭沒一搭的話題，也只與學習有關。他說高一與他想像中有些不一樣，壓力大。尖子生的壓力我不懂，只得傻乎乎地給他從籤子上刮下來幾塊小郡肝，讓他好好吃飯。

郡肝落入油碟的時候，濺了些油漬在他手上。

一次普通的期中考試結束，我與濤同學徹底失聯。去他們班上問，說他好幾天沒來上學。即使那時我爸會把手機偶爾借我玩玩，我也從未有過他的聯繫方式，線上線下都找不到他。最後走投無路，去他家找他。還是他媽媽開的門，只留了一道縫，也沒有請我進去的意思，她只說濤同學病了，需要休息，讓我最近不要再找他。

那扇深褐色的鐵門關上的瞬間，濤同學就從我的世界消失了。我中考成績不太理想，只上了普通班。拿到成績那天，我不爭氣地躲在櫃子裡哭了好一會兒，父母見我這樣狼狽，也全然沒了脾氣，只能安慰我，有他們在，不會讓我沒學上的，不行就去對面的職校。我哭得更厲害了。

我的發小很爭氣，去了實驗班。暑假還主動聯繫我，邀我一起去新東方學英語，因為她青春旺盛的多巴胺，好像又寄託在一個新東方的老師身上，於是對英語著了魔。我真的陪她去了，那個暑假，我們每天背著書包，趕早上七點的公車進城，與擁擠的車流一同淹沒在將散未散的霧氣中。

儘管那時的我，並不知道未來要去向何方，只是一切發生得非常自然，好像過去兩年的事都不曾發生過。

龍泉的夏天，路面氤氳著灼熱的煙氣，如果下場雨，就是天然的桑拿房。我永遠記得那一天。我咬著冰棒，額頭上流著細密的汗珠，手裡捧著最新的《大眾軟體》雜誌，老遠看見濤同學向我走來。

他胖了好多，像是被充了氣，比我噸位還大。他舉著一把黑傘，似乎在遮太陽，但走兩步又放下，之後再舉起來。

那短短幾十秒中，我排練了無數句「好久不見」的開場白，只是當我們走近時，我那句問候卡在喉頭。他只是從我身邊路過。

他不認得我了。

老師說，之前學校有個優秀的學長因為一次普通的月考，成績掉到了第五名，第二天就病了，醫生說是精神病。揪不出病因，命運就是這般胡鬧。

濤同學的故事成了同學和家長不敢提及的雷區。那個愈來愈走形的身影，每天舉著傘，來回在街上走，嘴裡念念有詞，如果被職校不安分的孩子戲弄，便朝他們吐口水。他每一步踩下的無形的腳印，都是唏噓。

無奈那時年紀小，再與他碰上面，知道他得了精神病，我竟然害怕他。

後來的成長過程中，聽到過太多悲慘經歷的論調，只要想到這段不幸，就會感嘆真實的世界最大的公平，就是對每個人都不公平。有人過著你想不到的生活，也有人承受著你無法共情的苦楚。有人翻山越嶺，只為見一眼善良。有人擺脫原生家庭的桎梏，只是想親手結束不幸。有人選擇謊言，是為了愛。有人拿一把刀子剮過自己結痂的傷口，只是為了證明，再沒有什麼可以傷害到自己。有人朝九晚五，站起來拚命跑，只是為了當喜歡的人在場時，自己可以毫不怯場。

在這個複雜世界裡，誰不是有驚無險地長大？

濤同學的原型我應該在哪本書裡寫到過。此時更難過的是，叫他濤同學是因為我已經忘了他的名字，不記得他是姓鄭還是姓張來著。不重要了，記憶早已將這段往事打磨成石頭，我捧在手心，手指不住地顫抖。

水母沒有心臟

冷知識有毒，浪漫好臭。

但的確挺開心的。

因為寫書，我是那種工作和生活自然分開的人。創作期閉關密集寫作，宣傳期頻繁刷臉，所有圍繞寫作者身分的工作結束，剩下的全部時間可以交還到自己手上。只要不主動找事，就可以無人打擾。

我接受採訪，他們總好奇作家的日常，期待我能答出什麼花樣來，我努力思考措詞後，給出的答案往往都挺讓人失望。雖然寫字，但我實在不文藝，嚮往拈花弄月，得閒飲茶，真實的我無法獨自收拾家，打掃衛生會打掃到生氣，我看不見凌亂，主要是因為懶。

有一個段子到現在還常被我同事提起。幾年前我們去日本工作，住的日式房，我那炸開的行李箱放在入戶玄關的地上，三天過去，我寧可每次進出都跨過那個箱子，也不會將它挪動半步。

我對精緻生活蹩腳的模仿，只能維持三分鐘熱度，有前手沒後手，吃喝都非常將就。但我也不是另一種極端的年輕氣盛，很少參加戶外活動，不愛喝酒去夜店。幾乎二十來歲的時候，就避免了所有的熱鬧：外面的局，懶得敷衍；家裡的局，又不想生活半徑被打擾。

寫到這裡，我突然覺得自己是不是太坦誠了。沒辦法，都是停止發育的中年人了，還裝什麼啊。

如果有一個二十四小時不關機的攝影機放在我家，無外乎就是各式地宅，即使生活在大北京，也像住進了一處冷暖自知的深山。當然也還是需要朋友來消遣的，北漂十年，相熟的老友來來回回就那麼幾個，一兩週約上一回，不常見，見上話就說不完。

有意思的是，這種陪伴型的老友知根知底，聊天的話題會隨著時間形成循環。十年前剛來北京，聊吃喝拉撒，什麼衣服好看，明星的八卦，通篇是幼稚的證明。後來聊生育成本，聊愛情，聊保險，聊宇宙，假裝老成。等到真的老成的時候，話題又轉回哪家餐廳好吃，消費降級後上哪家店買衣服，哪個明星又傳出了邊角八卦。這種周而復始，只有在最親近的朋友身上才能看見。還是那幾張熟面孔，褶子嬉鬧著闖上眼角，所有人都長大了。

時間在我們身上留下最深的默契，就是從戴上面具的防備，到現在彼此看透，爛熟了你全部的毛病，還仍然願意愛你。

這個年紀，反而是那種很好的朋友間，不太說真話，因為真話是真的不動聽。向心湖丟下一枚石子，會泛起多少圈的漣漪，其實我們都知道。這個世界需要一些善意的謊話，來維護彼此的體面，大家都不容易，就不要互相拆穿。

看到對方的好，經常表達出來，就足夠了。

我是個不喜歡交新朋友的人，這是病，得治，但懶得治。想起來，這幾年在各種場合，說出類似「我們回北京約啊」這樣的話不計其數，但基本沒幾次真正成行。大家心裡有共同的默契，知道只是說詞。現在流行說什麼「商業互吹」，那這個就是「商業互約」，約定僅限於聚會時多巴胺分泌的場域，聚會四散後就結束了。

交新朋友好辛苦，要重新介紹自己的過去，想說的不想說的，都要在精心挑選後掏心掏肺，既要判斷對方是否與自己同頻，還要同步設下防線，不能太親近。畢竟人在陌生環境遇到尷尬，就習慣用自己的糗事和祕密解決。不知道下次聽到自己的八卦，會不會來自別人之口。

我玩社交網路有點潔癖，更新不勤快，除了工作相關，偶爾分享生活，報喜不報憂，很少絮叨，「哈哈哈」和罵人的話都藏在心裡。對社會事件不是不關注，只是不喜歡發表見解，討厭做公知（公共知識分子），也不擅長，航行至此，忙於天真。

二〇二〇年初，在朋友圈對一則新聞發表了態度。大過年的，收到一個不熟的人發來的訊息，她上來第一句話說：「原來你是個活人。」我好努力地翻看她的朋友圈，回憶她是何方高人。她兀自接著說：「之前覺得你像個假人，也不好接觸，做人還是得有點煙火氣。」

當時的我還帶著點敝帚自珍的包袱，在意別人對我的看法，害怕尷尬，於是順著對方的話自嘲了幾句，希望讓這段對話愉快收場。

現在再復盤這段插曲，特別想魂穿當時的自己，搶過手機，回覆對方一個字，滾。人在某一段時期總想要變成「人民幣」式的角色，營造一種誰都喜歡你的假象。人人都能碰的東西，那是菜市場的大白菜，所有寫著「請勿觸摸」的東西，最後都能進美術館。

我們真的不需要那麼多朋友，有些人光是遇見就已經很折壽了。

關於距離感這件事，到了今年我甚至對親近的朋友都如是。太頻繁向朋友展示自己的軟弱與負能量，是可以拉近彼此關係，但走近的結果就是給對方釋放權限，看清你，指導你，安慰你。終於有一天，你被人從高高的樹上採摘下來，咬一口，其實沒他們想像中那麼甜。人在社會的洋流中總是會尋求浮木，想要向上社交，最終的結果，他們就會與你漸漸親切地疏離。

這些年我因為工作的關係，接觸過不少名利場，不過都是利益的遊戲。人的運勢在流動，好的時候，很多人圍上來，但必須要一直好，死守山頂，否則只要下了山，過去那些客氣相迎就都沒了。彷彿你曾扼住他們的喉嚨，成為他們審判之下的薛西弗斯，永遠也不能再將巨石推上山頂。

我曾經一度不懂事，羨慕過那種手握人際關係鏈條的人。他們自信又活躍，身邊朋友不斷，在任何場合都能如魚得水。後來看得多了，內心連波瀾都沒了。有人是習慣熱鬧，善於交際，在眼波流轉和觥籌交錯間，能將所處的環境變成自己的主場。這是一種超能力，不羨不妒，學不來。

我這種人，可以與世界交手，就是不太會和陌生人交談。還是走到哪一步過哪一步的生活，不求有人關注，只求不要有人拆了橋。

我確實不喜歡有些圈子裡拜高踩低的虛假繁榮，因此常提醒自己，不要在人際交往中變得油膩。有個同行，曾託人問過我，是不是討厭他，因為他感覺與我說話我都愛搭不理的，感受不到熱情。我也很直接，微信只是現代的聯繫工具，有時候添加了好友，不代表就真的是好朋友了。而討厭和喜歡是有中間值的，那個值叫「無感」，絕對不到討厭的程度，討厭也是要走心走腦，費時費力的。我單純是想花更多的時間，與自己喜歡的人在一起。

與人交往的初心，可以直截了當地不喜歡，畢竟有些人見第一面，就知道不會有以後。但不能以對方的境遇和身分地位為判斷標準，也絕不變成好像與誰都可以走近的爛好人。

特別喜歡黃永玉在《沿著塞納河到翡冷翠》裡寫的一句話：明確的愛，直接的厭惡，真誠的喜歡。站在太陽下的坦蕩，大聲無愧地稱讚自己。

常有人說，真正的朋友，是世界上的另一個自己。可惜的是，如同人類的指紋一樣，沒有相同的兩隻斑馬，沒有相同的兩片樹葉。我們都想要找到與自己相似的那個人，最後卻總會被與自己完全不同的人吸引。

對於朋友的定義，我心裡暗暗下了一個標準，就是有趣。這個世界上能者很多，但有趣的人很少。生活已經夠無聊了，大部分時間都是一個人過，那就更要讓那些樂趣留在自己身邊。

有趣的人，不強求靈魂有思想，不必有鋒芒，他們身上的精力無窮，一生與愛同遊。對未知的事物保持好奇，有一百種方式回擊生活投來的巴掌。

我總會被這樣的男生女生吸引。不在意彼此的社會地位，只在意我們什麼時候能見面。他們的腦迴路清奇，對我並不是一種向下包容，我也不需要仰望，只管享受他們的見聞。他們告訴我，水母沒有心臟，所以蜇了人也是無心的，牠每天漂浮著，活著的時候溫柔簡單，死後變成水消融於大海，或許我們也該學習牠，不用複雜，少一些煩惱，用無心的姿態生活，離開時瀟灑散場；狐狸吃喝拉撒都是自己一個人，牠才是最孤獨的，但熱鬧遍地尋常，獨身或許是自癒的偏方；無視外界的聲音這種本事要學習青蛙，因為牠可以關閉自己的耳朵；蜉蝣的生命不超過一天，它的願望只是想看一眼月亮，那我們還有什麼欲求不滿的呢；打火機比火柴更早出現，罐頭被發明之後，等了四十八年才等來開罐器的出現，所以誰也別瞧不上誰，誰都重要。

那個愛在我面前放屁的朋友，我實在受不了了，說：「哥們兒，你能不能別放了。」他說：「你就當每次的噗噗聲，是專門為你放了一團煙火。」

冷知識有毒，浪漫好臭。但的確挺開心的。

保持正向的方法，多和讓你愉悅的人事物在一起。

如果我們每個人出現時，神明都會點燃一根蠟燭，那每一天的生息，皆是消耗。為理想盡力是消耗，對抗糟糕的世界是消耗，控制不了的情緒是消耗，行至終點是消耗，一個人度過四季、與自我和解是消耗，披甲上陣卻與無聊的人交手更是消耗。

我們是不是比從前完整，要看在你身邊那些重要的朋友，是否正蜷著手，保護著你小心翼翼地燃燒，生怕外面的斜風冷雨，吹滅你用堅強包裹著的柔軟的善良。他們的臉被燭光襯得通紅，抬起頭，笑著對你說：別怕，有我在呢。

職場那些年

畢竟每個人都有自己的四季，
只是時間不同。

在我公眾號後臺的提問中，有很大一部分詢問關於職場。想來慚愧，我離開朝九晚五工作的生活已經有很多年了，但不遺憾。那幾年在職場，我屬於蠟燭型選手，不過是香氛蠟燭，燃燒自己，香了他人，煮了沉浮，悉數盡歡。

成為全職作家前，我做過三份工作。第一份在一家小型的軟體公司實習，與我的專業和愛好完全不對口。那時剛到北京沒多久，父愛如山的我爸，託朋友介紹了這份工作。我沒同他太過糾纏，帶著盲目自信去面了試。畢竟當時剛寫完的青春小說要出版了，一切都以嶄新的姿態等候與我照面。

面試我的是位男士，見我第一句話不問別的，他說看了我最新發的微博，一條對鏡自拍，配文是：面試去了，不緊張。他問：「你今天這身打扮，應該不是你平時的風格吧，今後上班怎麼舒服怎麼來。」我瞬間石化，靈魂出竅反觀自己，臉紅得像是除夕門上貼的對聯，身穿藍色圓點短袖襯衫和卡其色工裝褲，襯衫紮進褲子裡，露出比我手掌還寬的黑色老人皮帶，最後腳踩一雙不搭的屎黃色皮鞋。裝大人裝得非常失敗。

初次面試時，我想過一萬個對方可能提出的問題，殊不知最劍走偏鋒的招式，是僅用惺惺相惜的關注，就讓那幾斤幾兩重的年少輕狂潰不成軍。在自我剛剛覺醒的時候，我們最渴求的就是被理解。

我哼唧應聲，當即就想給面試官做牛做馬。結束才知道面試我的，就是公司副總。公司的辦公室不大，加上我前前後後五個人。那次面試完，我回去給我爸形容剛才的經歷，我爸第一反應是：「正……正規吧？」

我忘了這個正規的公司具體研發的是什麼軟體，記憶中那兩個多月的實習，就是給黃頁上的名單打推銷電話。被太多人拒絕之後，我動了個歪腦筋，手機錄好開場白，電話一接通，按下播放鍵，「你好，我是……」。如果對方有意向，我就接著說，如果掛了電話，倒也省了嗓子。

直到現在，我仍然會堅持聽完推銷電話的開場白，然後客氣地說句「不需要」，才掛掉電話。身邊人對此不理解，只有我自己清楚，信號對面的，可能是量子糾纏下，無數個有同樣經歷的我。釋放善意的能力，都來自合併同類項之後的共情。

實習尾聲，我回了趟老家成都，參加畢業口試。沒多久收到消息，告知我軟體公司倒閉了，也是在同一天，我的青春疼痛小說上市半個月，出版人發來「賀電」，說新人作品太難，根本賣不動。

睡過那種很深的午覺嗎？原本只是想小憩片刻，醒來後，暮色四合，被深深的孤獨感蔓延包裹，有種被全世界拋棄的感覺。就像那短暫的作家夢，夢醒之後，要面對巨大的失落，失落於世界背對我，不再給我回北京的理由。

在家裡待了一段時間，我又收到那個軟體公司副總的訊息，他去了一家國企，推薦我去做運營。

我又回到北京城西，蝸居在東交民巷的老房裡，每天地鐵轉公車再步行五百米到公司，運營國企的官方微博（簡稱「官微」）。那時剛有媒體藍V，我的日常工作就是將官方新聞歸納成一百四十個字，與工作內容同樣枯燥的，是辦公室全員靜默，銀針落地，清晰可辨。

在這樣的氛圍裡迎來二〇一二年的奧運會。劉翔因為退賽，遭到很多網友口誅筆伐，我止不住同情用官號寫了篇原創微博，結果上了當日的熱門微博榜一。事後被部門的女主管請喝茶，責問我為什麼發布前不上交審核，末了，她說：「你的才華寫微博有點浪費了。」

那日之後，官微的內容完全交由我原創。擁有一些自由的表達權，這份工作不至於太機械，不過最後我還是遞交了辭呈。

大體來說，是不安分的靈魂無法適應循規蹈矩。喜歡一份工作的原因，有時很簡單，辦公桌正巧對著窗外的落日；公司到出租屋的距離，步行可以抵達；同事端來一杯奶茶，眼神交會時的點頭示好。對一份工作無感的原因，更簡單，它觸底了我的想像，像是清楚一首歌旋律的走向；看開頭就猜到誰是凶手的懸疑電影；打開盲盒的封條，就知道又抽中了重複的款式。

成為北漂，是不想睡在熟悉的溫柔鄉，複製黏貼父母的職場軌跡，安於辦公桌狹窄的一方天地，二十歲就能看到三、四十歲的模樣。即使變成厲害的大人，那寫好的人生，翻一頁也全無驚喜，結尾獨自慶祝失意與遺憾，從未嘆息，嘆息卻堆在心裡。

女主管試圖留我，帶我去了三里屯附近的高檔素食餐廳。服務員端上來一盆樹，枝繁葉茂，幾片蘑菇躺在盆中的碎冰上。整晚我幾乎沒怎麼看到女主管的臉，也沒吃飽，我捂著咕嚕嚕抗議的肚子，見桌上一個立牌，手寫著一句話：一定要擁有很多可愛的人生。

我不知道辭職後會發生什麼，但我了然，這絕對不該是我人生的開場。

她是個很好的主管，最後還是放我走了。我給她發了條訊息：您說了，我的才華寫微博浪費了，偷偷告訴您，我是個作家，即便現在不是，以後也會是。

離職那天，我繞著公司大樓給我爸媽打電話，走了有幾圈，我媽就哭了有多久。主動丟了國企的飯碗，他們當然不理解。離開家之後，與父母就以無窮大符號的軌跡分開旅行，本意出於愛，可是也因為愛，彼此偏離，互相等待著一句「對不起」和「我愛你」。偶有交會，但經不住相處，又繼續陷入分開的循環，如此往復，仍距遙遠。

這是子女和父母之間，一門永遠無法及格的功課。

為了留在北京，我給很多雜誌投過稿，一篇稿費三五百塊錢，一個月如果上稿三篇，能勉強夠付房租。當然不是每個月都有那麼好的運氣，有時瘋狂寫的東西，最後都成了郵箱中屍橫遍野的退稿函。

稿費無法供給生活，必須要找工作。去時尚集團的大廈投過簡歷，還面試了一家非常有名的公關公司，都無果。我一度喪氣地認為，不被選擇，才是自己真正的實力。

後來是認識多年的網友，約我一起創業，做電視劇整合行銷。他看中我寫文案的能力，讓我做新媒體運營。我成了很早一批入局新媒體的人，成日與微博、天涯論壇和草根大號打交道。

創業初期，我們五、六個人，加上一隻叫「美麗」的流浪狗，擠在四惠地鐵站邊簡陋的loft（閣樓）裡，煮沸那些熱門話題。正是因為需要新鮮事的觸覺，同事們頻率相同，喜歡發掘有趣的人事物，共事時像是個脫口秀節目，腦力和嘴力激盪。經過這樣的每日熱鬧，到家後一定有種剛去夜店回來，累並快樂的錯覺。

當時運營的一部劇，因為演員們都是新人，根本不被看好。我們用盡能想到的一切玩法，與製片人開會討論宣傳點，製片人言之鑿鑿說：「我們的片子品質過硬，即使是字幕，都不可能出錯。」我順口問：「那如果字幕的錯別字被觀眾拍到怎麼辦？」製片人說：「那我就送一臺iPhone（蘋果手機）。」那個時候，新款iPhone是社交貨幣，這話趕話順嘴的玩笑，我們真的玩了。雖然最後送了好幾臺iPhone出去，但那部劇破了上映期間的收視紀錄，拍屏互動成了接下來很多電視劇運營的保留項目。

短短三年，公司從loft搬到辦公大樓，一路高光，而我職場的高光時刻，是為某部電影寫了一篇關於狗狗的軟文，交給主演發布，成了爆款。接下來的連鎖反應，是爆款疊加爆款，徹底拉近了「自己」與「工作」之間的距離。

其實社會的眾多面向中，人與人、人與物的親密關係，都可能存在消耗，但好的工作確實可以讓你感受到自己的能量，是一個互相增值的關係。它可以讓你更明確自己所處的位置，那種「被需要」和「被認可」也是別的親密關係無法代替的，是認識自己的開始。

這份工作讓我在北京落了腳，升職之後，反過來成了面試官。換了視角，面對電子郵箱裡的眾多簡歷，才懂閱卷老師的感受。

一百份雷同的簡歷裡，其實可以很快判斷誰是不一樣，且讓我感興趣的人。我會像當年面試我的副總那樣，提前去搜他們的社交平臺。所以作為職場新鮮人的第一件事，就是要製作吸睛的履歷，如果學歷是敲門磚，簡歷就是開門的鑰匙。它是你濃縮的個人簡史，而這個自我介紹裡，不是填寫一份同學錄，也不是瘋狂展示從前的獎狀，而是展示你的個性，你能為這個職位帶來什麼。幫面試官直接跳到這個步驟的應聘者，懂事又聰明。

面試時遇見過一個女生，她精準狙擊，簡歷沒有一句廢話，附件是她寫過的軟文、做過的營銷圖片，她非常清楚自己要做的是什麼工作。另一個女孩子，簡歷做成PPT（演示文稿），自嘲沒有任何相關經驗，通篇都是在公益組織工作的日常。她面試的時候，說話不按邏輯，回應每個問題的角度清奇。我喜歡怪人，執意要她。

如果朋友像是乘上一輛各站停靠的列車，成為同事的緣分，便是到站後路遇的旅人。你們深知只會相伴一陣，但聽風看海的目的相同，一定會祝福，希望彼此能去看更廣闊的山高水長。前面的女孩子，現在有了自己的行銷公司，後面這個，聽說去了奧美。

有種情深義重，是我們或許不會再並肩成為夥伴，甚至消失於彼此的日常生活，但某天又從別人口中聽聞他們的近況，從前的車馬慢，現在各自抵達遠方，也不失為一種共同前行的浪漫。

我的遠方到來，出版的新書有幸暢銷，那段時間我同時還在上班。一個很有趣的經歷是，去上海出差，機場有讀者接機，他們問：「來上海做什麼？」我笑說：「去給客戶爸爸講方案。」

競標的時候，甲方又成了我的面試官。我唯一的加分項，是做多了書的宣傳活動，宣講PPT得心應手。唯一的減分項，是客戶覺得我自己的名氣大於方案本身，不會真正重視，於是客戶容易表面客氣，背後再選別家。

那幾年職場的經驗之一，不要提前慶祝，沒有簽字的合約就是廁紙，吃進嘴裡的鴨子，摳也會讓你摳出來。之二，客戶或者主管，往往很難說清楚自己要什麼，但他們知道自己不要什麼。所以大到做項目方案，小到請客喝奶茶，都應該讓他們做「選擇題」，而不是「思考題」。你提供的選項愈多，愈能給對方安全感，可以提高溝通效率。

時間向後推幾年，精力難以平衡，小孩子可以都要，成年人必須做選擇。我雖然離開了這家打拚多年的行銷公司，但仍然賴在公司的微信群裡不願意走，還在他們每年的年會上，將自己喝得爛醉，以此紀念我最後一份工作。

其實我很羨慕那些問出各種職場問題的人，因為他們正在經歷各種可愛的人生。不工作的這幾年，雖然自我尤盛，但時間彷彿丟失了刻度，失去了期待的週五和犯睏的週一，今天是否放假，變得不再重要。

罷了，人要知足，書上說，當你擁有而不自知，還一度索取時，只好給你憂愁。畢竟每個人都有自己的四季，只是時間不同。

這些年上過的雜誌，很多出自時尚集團。某次發來品牌合作邀請的，是當年面試過的公關公司。人生就是很玄妙，他們不會記得在人事部的電子郵箱裡，曾經躺著一份蹩腳的履歷。

寫到這裡，想起了那位軟體公司的副總和國企的女主管，翻遍通訊錄，怎麼也找不到他們。我保證沒有封鎖任何人。可能有些人就像是《楚門的世界》裡匆忙經過的NPC（遊戲中的一種角色類型，指非玩家角色），因為沒有好好告別，所以一輩子都不會再見。

月亮出來，他們下班了，我觸摸到了天際線上的黑色大門，世界可能是假的，但從不缺少真心對待我們的人。

如果再也不能見到你，祝你每一個醒來的早，忙碌的午，孤單的晚，都安。

好運來

人與人走近之後，
是相互的島嶼。

微信群「張好運工作室」發來消息。

這個群名是我起的，裡面都是我親愛的同事們。加上我四個人，算不上團隊，更像一個興趣小組。

作為一個不超級的馬利歐，我的工作夥伴是我從盲盒磚頭堆中撞出來的。空手上路，在最需要的時候遇見他們，一路共闖，最終跳上小紅旗。我們不貪圖寶藏，只想多一點好運氣，重在參與，萬事勝意。

我的經紀人是我的早期編輯。我們很早相識，那是剛到北京的第一年，她住在我隔壁，正巧我的室友與她的室友是老友，常拉上我們，下班混跡在一起。這一來二去，同齡人志趣相投，我們很快成為朋友。她年紀稍長，我一口一個「姊」叫得歡。這位姊有兩副面孔，化妝後的眼線飛挑，唇妝犀利，一頭齊劉海公主切的髮型，喜好軍綠運動風的穿著，一副不太好惹的樣子。我常說她很像《這個殺手不太冷》的小女孩——吃得太好的版本。她其實不算胖，頂多有點圓滾滾。我見過她的素顏，臉頰掛著肉，沒有修飾的眼睛無辜又迷離，笑起來一臉佛像，親切不已。

能與她走近的人，都愛她；若是初見，習慣對她禮讓三分。她非常有做經紀人的潛質。

當時她在音樂網站做編導，理想不大，如果有一天編不下去，做個主管就行。結果主管夢在一個夏天到來之前戛然而止。老家傳來噩耗，她爸在路上出了嚴重的車禍，她不得已離開北京，回去照顧父親，一走就是八年。

八年時間隔著山海，人事翻湧。她曾經任職的音樂網站倒閉了，父親撿回一條命，但落下腿腳不便的病根。為了回家方便，她選擇在就近的上海找工作，去了一家做文化App（應用軟體）的公司做編輯。也是在那個App上，我發表的故事收穫了眾多讀者的點讚。我們一起做的第一本書，無預兆地成了當年的暢銷書，幾乎在一夜間築起高樓，我愣於平地望而生畏，經紀人撐著我，她說：「一起上去試試看。」

這八年對我們關係最大的改變，是將她從我的隔壁鄰居、我的姊，變成了我的工作夥伴。

她的工作習慣會將每件事幻想成一座高山，輕鬆翻過了，是幸事，但如果看作一塊平地，最後掉進深淵，那爬出來耗費的心力，不是一兩聲「加油」可以彌補的。

其實有的人性格如此，將焦慮前置，內心更安全。相反，我比較隨遇而安，像風箏，她在地上拽著我，害怕晚來風急，我處在寧靜的半空中，發現遠處的風暴不過是一場美景，拽拽絲線，告訴她可以再鬆弛一點。

生活中，她的分享欲旺盛，是個天文地理什麼都知道一點的百曉生，或許也是這些包袱加身，緊張是寫進骨子裡的。她不擅長溫柔，好與人爭辯，說話容易說到滿。她會在我新書出版當天，所有人忙碌著以及期待著的時候，打電話給我，訴說她的焦慮，說到情緒激動，直接撂下「我不看好這本書」這樣的話。一盆冷水淋下頭，傷及無辜，換作其他人也許當場就翻臉了，但我了解她，知道她本意不是如此。

她有時像仙人掌，不經意會讓擁抱她的人，渾身留下刺；有時又像蛋殼，去掉這一層堅硬，其實身體裡住著悲觀，如同一塊吸滿水的海綿，稍稍按壓便會落淚。

她在我面前掉過很多次淚，為她喜歡的偶像，為沒談成的工作，為朋友，為前男友……其中有一次印象頗深。工作結束後的KTV酒局，年紀最長的客戶絮叨，不斷讚揚我的經紀人各方面的優秀。她被誇得興致高昂，用一瓶紅酒將自己灌倒，躲進廁所裡吐。我敲了很久的門，她終於出來，臉上全是眼淚，癟著嘴委屈巴巴地看著我，像個走丟的孩子，止不住地抽泣。

鮮有人看到這樣破碎的她。只要用心，忽略她保護自己的盔甲，刪掉她驕傲的自信，其實便能窺見那份小心翼翼的柔軟，就像那晚她藉著醉意，向我坦露心情。從小到大，她爸都沒有誇過她，哪怕一次。不論是上學努力考的一百分，因為各種特長拿回的獎狀，還是上班之後往家裡匯去的錢，她爸都像是一塊銅牆鐵壁，橫亙在她的自尊心上。作為老教師，她爸的話是絕對正確的，習慣打擊式教育，她的無數次討好只能換來無數次的無動於衷。

有一年，她隻身一人去了印度。到了新德里第一天，就被黑心司機拉去郊外，逼仄的夜路越發偏航，機敏如她，跳車逃跑，還不忘抬走了隨身的行李箱。一個女生在夜裡拖著行李逃命，她甚至以為要死在那裡了。印度很神奇，一條街可以將貧富差距放到最大，原本破敗的小道，再一拐竟是一處金碧輝煌的五星級酒店。她沒多考慮，花再多錢也要躲進庇護所。

之所以去印度，是因為聽聞當地有一座非常靈驗的廟宇，她只是想虔誠地許一個願望，希望能有人真正懂得她的好，她值得被好好愛一下。

如此決絕的父親，她應該也對之狠心的，卻在父親出車禍的時候，沒有一絲猶豫地放棄了自己的理想生活，為他跑了一家家醫院，央求他人，沒日沒夜地守在病床前，照料起居。

我們這些孩子，多少人一生背負著原生家庭的傷害，在父母自以為是搭建的烏托邦裡，表演孝順。更可憐的，父母在還是孩子的時候，或許也經受過來自他們原生家庭同樣的苦楚，然而他們並沒有選擇拋棄這樣不恰當的方式養育子女，而是完美繼承，用別人家的孩子來比較，用犧牲來打壓，用「為你好」來綁架，他們心口不一，不會表達愛意，只會將在外面受到的冷落，變成在家中昂首的蠻橫，口中所謂的生生不息，其實無意中製造了一個血液相同的樊籠。

其實有很多次，我都告訴經紀人不用硬邦邦地看這個世界，因為世界會以同樣粗魯的方式對待你。她嘴硬，將話題扯去更遠的地方。沒關係，我知道她聽懂了，我願意一直當她手中的風箏。

二〇二二年春節，她回了老家，她爸媽住進了剛建好的宅基地，二樓留了一間房給她。收拾屋子時，她從床底翻出一個老式的收納盒，在打開蓋子之前，她腦中竄出一個畫面，盒子裡，是父親幫她保留下來的小時候所有的獎狀，畫的水彩畫，寫滿試題的本子。那些情深義重的電影情節都是這樣演的。

盒子打開，裡面只是一些爸媽的雜物。她扣上盒蓋，吸了吸鼻子，還好，還好沒有發生。

這幾年，她爸仍沒有表揚過她，到了年紀，催婚催育的話題一句也少不了，一切都沒變化。或許她一輩子都不會與之和解，但她早不在乎了。

很多問題，沒有答案，或許就是最好的答案。

二〇一七年年中，各類工作增多，我與經紀人難以負荷，朋友介紹了個男孩子來實習。那是我們的小團隊第一次招新人，面試地點在我家樓下的咖啡店。男孩到得早，見我進來，匆忙起身握手，離開時也握手，一副少年老成的模樣。我問他：「你是因為緊張嗎？」他搖搖頭，說：「我就想摸摸作家，還沒摸過活的。」

這孩子踏實。

他大學學的是播音，有一副渾厚好嗓子，可惜沒有用武之地。我的工作內容沒有定式，趕上最忙碌的那一年，他同時成了我的攝影師、剪輯師、文案小編、飯搭子、司機，以及酒過三巡扛我回家的人。有段時間我泡在酒缸子裡，很愛酒精上頭的迷醉，即使不與外人喝，自己在家也小酌，尤其碰上寫東西的時候，靈感微醺，抱酒成眠。孤獨地自斟自飲，容易顯得老成，說話經常拿著長輩的腔調。他只比我小三歲，我也取笑他：「不會喝酒的男人，說明你還小啊。」他好真誠地點頭，然後告訴我：「哥，我要結婚了。」

我再也不想喝酒了。

他女友也是同行，一眼看準他的單純和憨直，製造偶遇，故意找他幫了個小忙，硬是要請他吃飯。姜太公釣魚，願者上鉤。一次晚餐之後，多看了一次電影，又多了好多次聊天，好幾次擁抱和親吻，三個月後他們閃婚，第二年春天就有了寶寶。

不過是一個春節未見，再見到他時，身體像吹到極限的氣球，一雙小眼睛在鼓囊的肉臉上呈現著絕處逢生的架勢，胖得特別不客氣。他說他老婆懷孕的時候荷爾蒙紊亂，什麼都想吃，什麼都只吃一口，他疼老婆，保證滿足願望，但見不得浪費食物，剩下的都讓他解決掉了。

他給我看他女兒的照片，每滑到一張我還沒來得及看，他就將細節放大再放大，對他的「造物」嘖嘖稱讚，還問我：「我女兒可愛吧。」我點點頭，可愛啊，這嘴是嘴，眼睛是眼睛的。

我拍著他的肚子，羨慕這傻孩子的福氣，他一定會是個好爸爸。

他很少與我說私事，我能理解是他尚有分寸感。有時候，不想工作混入個人情感，同一個時間同一個地點就想保留一種關係，因為情感參與斡旋，可能最後誰都撈不到好處，兩敗俱傷。但是人與人處久之後，情感就是會占據上風。一段時間內，他的狀態很差，神色黯淡，沉默寡言，反應慢半拍，一朵明顯的烏雲罩著腦門，微信上聊天也支支吾吾的。我打電話過去，知道是他家中出了事，電話那頭，他的聲音都哽咽了。

我沒幫上什麼大忙，好在後來事情解決了，我知道他是想感謝我，送了我一大箱他們山東的海鮮。拆開包裝，是活的大閘蟹。他太高估我的下廚水準了，別說親自做，我連煮熟的螃蟹都無從下口。到了晚上，好幾隻大閘蟹脫了繩，爬滿了屋，我家沙發櫃子多，牠們專挑縫裡鑽，找得我甚是狼狽，累飽了。無奈，只好叫他來幫忙抓螃蟹。

最後螃蟹是他煮的，他拌好海鮮汁，嫻熟地給我掰了腿，去了殼，告訴我哪裡不能吃，哪裡怎麼吃，除此之外，一頓晚餐我倆沒說幾句話。我問他：「家裡的事情都還好嗎？」他嘆口氣，說：「已經是最好的結果了，沒事。」說著咬了口蟹腿，只聽一聲悶響，我知道他肯定硌到了牙，但還故作堅強，若無其事地吧唧吧唧嘴。他這人就是如此，我與經紀人常說他身上背著無用的自尊，不肯示弱，不願在已經很難過的時候，承認自己不行。

也是後來才知道，家中的事給他的小家庭帶去了不小的餘震，老婆換了工作，他們將女兒送回了老家。我沒多過問，我幾斤幾兩重，自己很清楚，很多事插不上手。人人都有難處，每個人都有自己要撞的南牆，要攀越的萬重山，所見皆是命運讓你見的，所有的經歷都是你應該經歷的。

真正的成長不是虛張聲勢，往往是悄無聲息的。這些年，我們常待在一起，人在眼前，我看不見他的變化，直到這兩年辦展覽，看著他獨當一面與合作方溝通工作，倍感欣慰。他的攝影技術是在一場場簽售活動中練出來的，剪輯是硬學的，溝通能力是摔倒爬起忍出來的，他死要面子，假裝不疼，竟也磨出了效果。

他是打工人，兩個家庭的兒子，同時也是丈夫和父親，不同身分帶來的經歷，一定是我無法想像的。從某部分來說，他比我成熟。雖然還是會時不時冒出一些符合他人設做出的憨傻之事，但無大礙，畢竟更珍貴的，是在這個善變的世界裡，他還是那個與我第一次見面只懂握手的男孩。

我們常說他是老好人，與誰說話都溫言軟語的，很少見他發脾氣。有一回我們在路上走，路過的司機突然倒車，我根本躲閃不及，他眼明手快一把將我推開，大聲呵斥那個司機。從未見過他生氣，那一聲呵斥像是城樓上敲擊的一口鐘，要不是那高亢嘹亮的嗓子，我都忘了他是學播音出身的。他向來手腳勤快，知道我平時動腦子的時候多，身體上不會讓我受一點累。他的眼睛因為弱視動過手術，視力不好，但只要一起工作，就不會讓我離開他的視線。最新的影片素材，他又用了一整晚的時間剪輯，像這樣熬夜的節奏，這些年有過很多次。他寧可辜負每晚的月亮，也不想辜負我。

人與人走近之後，是相互的島嶼。

其實有時候，酒精能將不敢說出口的話，潤色得沒那麼矯情。包廂裡的唱歌聲嘈雜，我這邊與客戶碰著杯，餘光見他守在我身邊，不過喝了一杯酒，臉已經通紅。我指了指他，靠近客戶耳邊放聲說：「你知道嗎？我當他是親弟弟。」

這話是說給他聽的，也不是醉話，寫東西的人，很會裝瘋賣傻。

我沒有刪聊天記錄的習慣，很多往事都留著。有一次微信提示手機內存不足，自動跳出一個清除聊天記錄的選項。那個內存列表裡，「好運來工作室」拔得頭籌，占了二十多個G，其次是經紀人，然後是那個男孩，足以證明他們真的霸占了我的大部分日常。

我當時就在想，未來還會有新人嗎？

二〇二一年秋天，我們等來了新鮮血液。這個新來的女孩子其實不是最優選，當時面試相中的兩個人，再通知入職時，一個突然決定出國讀書，另一個摔斷了腿，極具戲劇性。再問到她，她一口答應。她個子小，但能量頗高，獨自環島騎行，學塔羅牌，去京郊的寺廟做義工，因為不知道自己會變成什麼樣子的大人，所以想多看看，於是去LiveHouse（小型演出現場）看那些眼淚飛奔的同齡人、去酒吧認識今朝有酒今朝醉的人、去桌遊吧認識很有條理的人。想穿著別人的鞋子走來走去，淺薄地感受別人的感受。

她畢業時糊裡糊塗簽了三方協議，被一家上海的科技公司錄用了，接到offer（錄用通知）後，忽然找到人生目標，想做傳媒類的工作。大學四年裡，她在南京大排檔端過盤子，做過新東方改試卷的英語助教，發過健身房的小廣告，那幾年兼職賺的錢最後都賠了違約金，兩手空空到了北京。她擠在青年旅社裡四處找工作，同住的女孩子都正青春，也只能在這樣的條件下勉強安慰自己，這是大城市的試煉。

她曾經看過天黑的樣子，所以最近將自己租的公寓一隅改造成沙發客，為有需要的女生們在北京留一盞燈。

她是個很酷的寶藏女孩。

一定程度上，我非常喜歡現在的年輕人。儘管他們自我又擰巴，除了他們自己，很難看得上任何人，但正是這種極致的浪漫主義，使他們更容易專注於自己喜歡的事，進入忘我境界，盡情釋放能量。即使是在社交場合暴露原始的競爭，也絲毫不在乎約定俗成，真實地活在當下。

這個女孩子的故事還有更有趣的。後來她告訴我們，她僅剩的積蓄留給她在北京的時間有限，當時面試四處碰壁後，本來決定回老家南京的。她站在剪票口，身分證都已經拿在手上了，馬上輪到她過閘門。在這個時候，電話響了。

是我經紀人打給她的。

有時候命運彷彿開了個玩笑，就像在路邊打車，路過的車都載了乘客，到了道路另一邊，那邊又來了空車。幾多戲弄，冥冥中的緣分，早一步太早，晚一步太遲，我們不知道人生最終能上哪輛車，但你知道空車一定在來的路上。允許一切的發生，每個人都能趕上，恰好。

人與人之間的流動沒有定式，儘管我是個特別容易動感情的傢伙，也很難保證工作室這幾個小夥伴會永遠同行，畢竟只是一份工作。就像這些年，許多人會沒有理由地走向陌生，從吃飯喝酒的關係，到朋友圈點讚的關係，到最後成為一個沒有聊天記錄的頭像。

但我相信，在為熱愛闖關的路上，那些交織過的人不輕易許下的承諾，反而是一種默契，因為共同的經歷早已化作濃稠的安全感，在生命的樹幹上刻下凹痕。

美好的人一旦相逢，好運一定會欣然而至。這句話，我說的。

是煙火是永恆

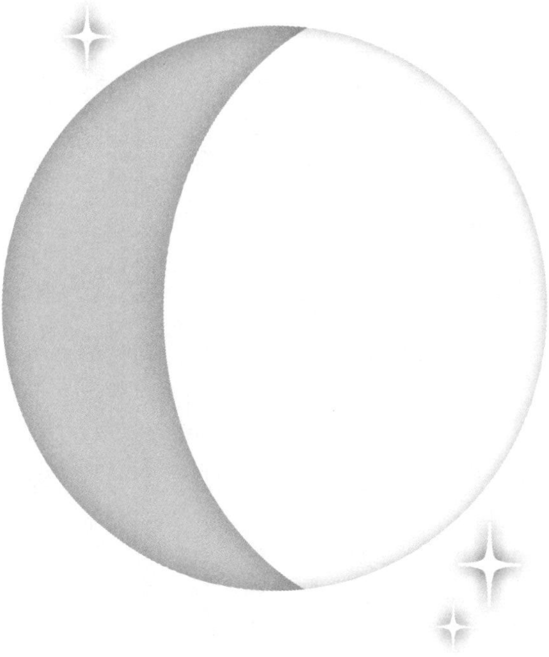

present，是「現在」，
同時也譯作「禮物」。

「你是煙火，還是永恆？」

忘記在哪裡看到的簡短問話，縈繞在心頭許久。煙火太美，可轉瞬即逝，永恆很長，又害怕質量堪虞，陷入老牛拉破車的惶恐。

二〇一九年寫完長篇小說，耗費了不少精力。長篇創作就像是與角色談了一場漫長的戀愛，精神、身體，甚至所有的情緒都與他們高度連結在一起，「入戲」太深。落筆交稿多日，晚上入眠，還是能夢到書中的人物。

更何況那本書裡，動用了我太多的真實經歷，每一處情節都要走一遍心肝脾肺腎，無疑是對死去記憶的一種變相凌遲。以致做完那本書的宣傳之後，我淘汰了陪伴我好幾年的電腦，暫且不想再打開Word，一個字都不想寫。

我是那種嚮往慢生活，卻又無法適應賦閒的人。成為全職作家的這幾年，時間是被分割好的七巧板，哪一塊給工作，哪一塊給旅行，哪一塊給家人朋友，留給迷茫的時間所剩無幾。忙碌是最好的抗焦慮特效藥。就連最容易寂寞的深夜，也抵不過奔波一天的睏意，只要能闔眼，定能去往新的一天。

同年年末，停筆幾個月後，我開始畫油畫。小學學過幾年基礎，還好碰到畫布不陌生，雖然是第一次接觸古老的油畫材料，但現代藝術的呈現形式有極強的包容性，憑感覺完成的幾幅作業，也能到自賞的程度。帶著一點「天賦選擇我，我熱愛選擇」的自珍自喜，我迎來我的三十歲。

還記得那一年跨年，我在天津做了場演講，以年紀為哏，聊了很多對而立之年的展望。偏偏命運給人類開了個玩笑，新冠疫情一來，沒人再關心第一批三十而立的九〇後。關於三十歲的所有的記憶，都被疫情歸納成了一種荒誕詭譎的敘事。

三十歲那年的一半時間，我幾乎都待在家裡，以日出和日落為界，全給了油畫。腦中的靈感不斷，經常是一幅畫到一半，放旁邊晾乾，當即開啟一幅新的。家中原本用來擺放我的樂高、手辦和獎盃的祕密基地，堆滿了畫作，儼然成了倉庫。其實當下某部分的自己知道，所謂旺盛的創作欲，不過是逃避現實的藉口。那時每天睜眼都是確診數字，比起接近這場真實的疾病，我寧願眷戀筆刷在畫布間摩擦的溫存。

堂食開放後，新認識的一個策展人朋友，看了我的畫很是喜歡，因此促成了後來的線下展覽。那些誕生在疫情之下的筆觸，竟然悉數有了著落。

策展人與我討論展覽的主題，我想了想，定了「孤獨」。

我的所有畫中，都有一棵松樹。它置身於山川湖海，廣袤宇宙，沒有旅伴，是一場孤獨的旅行。正如疫情之下的我們，也是被迫孤獨的。當生死入局時，其他價值序列會自動後退，保命要緊，其餘無意義。戴上的口罩像是一種儀式，隔絕多餘的情緒和社交，人心和街頭的餐館一起關張了。

這些年我身體裡一直有個防禦機制，當負面情緒出現時，一定會在奔向谷底前懸崖勒馬，像是意識到一個人趨於窘境，要被全世界拋棄時，腦中總會及時出現另一個聲音，告訴自己要接受，不要被負面情緒控制，要練習與自己相處，無限接近自愛。

於是在擰巴的情緒還未收拾乾淨時，又手忙腳亂地學習愛自己，首先……然後……其次……王爾德說，愛自己是終身浪漫的開始。但如何愛自己？

……更難過了。

或許愛別人是不需要學習的。就像你愛上一個人，心臟會怦怦跳，看到什麼都會拐彎抹角地想到對方，不自覺就想把最好的東西通通給他，這是「愛」的本能。說實話，愛別人比愛自己容易多了。真正的愛自己，不是放任，不是懶，不是千方百計讓自己舒服，反而要克制，要修行，要自我折磨。我們大多數人，都只做到了自私，還沒做到自愛。

從未想過這場疫情一渡，就是三年。很多人心裡堆滿了情緒，只是裝作若無其事。有個多年未見的朋友，一個開朗大方的北方女孩。上次見她是在疫情前，現在剪了短髮，厚重的毛線帽遮住視線，我不確定我們聊天的時候，她有沒有看我，但我能清楚看見她失色的唇，瘦削的臉頰，話題間晦澀的表達。那次會面之後，才知道她得了重度憂鬱症，就在見面前一週，她第二次自殺，剛被搶救回來。

這天翻地覆的人物變化，我連小說都不敢這麼寫。

隨後短短半年內，我得知身邊好幾個關係算近，或者朋友圈點讚之交的友人，都有憂鬱症。就像是偶然關注到手機螢幕上的時間之後，總會在不同場合和介質上再看到這組數字，以為是玄學上的暗示，後來知道這是大腦擅長從偶然規律中尋找結論，而將經驗、符號、圖像和觀點聯繫在一起，心理學專家稱之為「共時性」。說到心理學，我那個在疫情最嚴重的時候，回到北京發展的經紀人，她說實在受不了了，去考了心理諮商師。比起在北京闖出一番事業，她更想讓朋友們活得久一點。

其實真正的死都輕鬆，但有些人一輩子經歷過的活著，才是最痛苦的死亡。

我在這三年間出過一本書，落筆第一個故事時，書名就訂好了，叫《你是宇宙安排的邂逅》。我迷信成功經驗，希望書名出現在讀者手邊，即使不細讀內容，光看名字也能得到療癒。說來諷刺，這本書上市後，見證了狀態最糟糕的我。

客觀條件使然，書的線下宣傳不了了之，短影音和直播成了實體書新的生存之道。

為了宣傳，我每天都在想影片腳本，刷大量的影片，像個技術宅，抓熱點、研究精準投放和小黃車的轉換率。當你的喜怒哀樂被數據牽動時，你就像被馴化的寵物，無法轉移注意力，蜷縮在這個狹小的資訊繭房裡，接受著平臺根據偏好設置而不停投放給你的電子榨菜，爽口，上下滑滑就好了。再碰上本就可憐的自控力，一天就這麼過去了。

身在局中，人容易陷入孤立事件謬誤，以為只是浪費人生那麼一小段的時間，不會有什麼影響，但正是這普通的分分秒秒，組成了日日年年。

短影音裡的世界聲色犬馬，年輕的男女早已入局，盡顯他們的才華，原來這個世界上多的是過得比你還好的人。當自己的能力夠不上野心時，巨大的焦慮如浪潮襲來，而我還在依靠強大的自我欺騙，堆砌沙城。

殊不知當下的每個選擇、行動都在改變未來，短短數月就已經形成蝴蝶效應，由心底感受到不快樂。看鏡中的自己，我都覺得面目可憎，真實地變醜，用再多昂貴的護膚品也無濟於事。

某個失眠的深夜，翻自己豆瓣的記錄，已經很久沒有追過一部完整的劇集，最近看書還是幾個月前。明明這些年多出了大把的時間，卻不及之前忙碌中獲得的三兩碎片。

夢中回到教室，站在上帝視角，看見小時候的自己。我趴在書堆後面偷看漫畫，桌板上貼滿了便利貼，抽屜裡是從校外打包的重慶小麵，一個小小的課桌好像裝得下全部夢想。

小時候的世界很小，只有兩根橡皮筋那麼長，一本動漫雜誌那幾頁，一節課那四十分鐘，狂風驟雨都與我無關。成人的世界太大，萬物都成了刻度，時間催著你趕路，你不知道要往哪裡去，所以在意天氣，寄希望於明天不要有雨，那些逃避的僥倖，後來都會變成腳底的泥。

我慶幸當時做了一個很好的決定。少看讓人眼花繚亂的App，睡覺前也不會將手機帶進臥室，像從前一樣，將一天的時間劃分成塊，如果沒有工作，就交給運動、未拆封的書、點香、研究咖啡、畫畫……這些愛好將我從一地雞毛的生活中拉了出來。

當一整天的時間有條不紊地被填滿時，就連看烏雲都可愛，擁堵的車流也生動，鄰居家廚房傳來的油煙也香，世間的粗淺樂趣不過爾爾。

寂寞是一種清福，以前不理解，現在尤為感同身受。那些因為內耗亂序的意馬心猿，都在與孤獨一寸寸的交涉中，逐漸摸清了生活的底細。

愈來愈習慣重複的日子，出行不容易，就在窗前看四季。雖然不知道明天會走到哪裡，但隱約覺得，放緩的生活也是一種試煉，我們會老，會有一天不喜歡現在的喜歡，要承受忙碌後嚴實的虛無感，都在用不同的方式抵抗無趣，誰也不輕鬆。抬頭看月亮又圓了，彷彿是一種映照，遠方有懂你的狐狸，心裡種了花，在環形山上看到了故鄉。

我在個人畫展上，設計了一條觀展的主題線，透過牆面上文字的指引，讓進場的觀眾共同成為一棵失憶的松樹，在這段旅途中尋找記憶。

畫中的松樹在青青草地上飛翔，在雪山頂上遇見一場極光，被絢麗的龍捲風吹翻了身子，駐足火山口欣賞噴薄的岩漿，沉溺深海與巨型水母打了個照面……那些看似過不去的風暴，都成了它經歷過的一張張明信片。當打撈起記憶中的那些至暗時刻時，會發現其實都是我們一個人度過的。就像生活中的大部分問題，只能靠自己解決，在「自愛」之前，必須要接受如何面對自己這件事本身。

怎麼熬過來的？或許是硬扛吧。扛過了，就成了風景。

寫這篇隨筆的時間，是疫情第三年的年尾，我擠進了北京第一撥「陽圈」，高燒時腦中一直重複一句歌詞。

「每一個未來，都有人在。」

後來去查，那首歌叫〈出現又離開〉。第一次聽這首歌剛好是三年前。三年前的我們，似乎沒時間思考生活的意義，我們接受規訓，在每個年紀到來的時候，變成恰到好處的大人。時過境遷，很多事發生著，發生了，然後一定也改變了。

聽說那個重度憂鬱症的朋友，因為愛上了精油，狀態變好很多，她說會積極配合治療，盡量保證不再傷害自己了，還說有時間一起去五臺山拜拜。

說現在的年輕人，在上班和上進之間，都選擇上香，玩笑歸玩笑，但人類在神靈面前越發虔誠，是希望此時此刻，陽和啟蟄，一定要比過去更好。

有一個很奇妙的英語單詞，present，是「現在」，同時也譯作「禮物」。現在即是禮物。疫情終將成為歷史，就像這篇隨筆，即便被鉛字印刷，也會因為失去時效性而變得無關痛癢。

有人記得也好，但很大機率會被忘掉，可能如我，也如你，好似煙火。但世上的萬事萬物，不論出自平地山尖，還是歸於花晨月夕，皆為過眼煙雲。有趣的是，換另一個敘述方式，當我們成為小小的煙火，在各自的天空燦爛時，從時間的維度上看，就組成了永恆。

少年不會飛

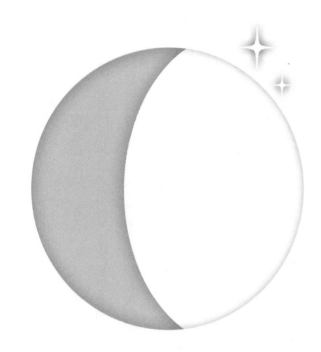

沒有什麼能毀掉下一代，
除了上一代的嘴。

如果沒去過長城，不能說到過北京，那麼沒擠過北京早晚高峰的地鐵，不能說自己是北漂。初到北京那兩年，未來是將拆未拆的盲盒，充滿期待，然而最大的少年心氣，並不是取得事業上的成就，而是一個小小的發願，如果可以，不要再擠地鐵上下班了。

這本書落筆，我仍沒去過長城，但有幸擠過高峰期的地鐵，在車廂內，踮腳求過一絲還算乾淨的空氣，貼過別人的後背，見過搶位的爭吵，也聽見過情緒崩潰的號啕大哭。每一個地鐵站內，都像一個人性的收容所，乘客麻木地玩著手機，排隊站在閘門、電梯和等待的地鐵車門前，像傳送帶上的零件，源源不斷地輸送自己的能源。儘管體檢被查出脊椎變形，在正骨推拿店裡被按得嗷嗷叫，他們仍然保持埋頭的姿勢，不知道在忙碌什麼，但每天又有做不完的事。

這些年，在北京打拚的成果伴隨交通工具的變化，從地鐵到與人拼車，到一個人坐黑車，然後是出租車、專車。不再為日常出行發愁，只專注於自己的熱愛，好像過上了我想像中的生活。

在與命運的較量中，我不擅於還手，失之我命，對於那些不可得，很容易合理化，唯獨對已有的饋贈患得患失。那是隻身一人做過北漂，挨過長夜之後的創傷反應。

最近看的日劇《重啟人生》，主人公因為一次次意外從頭活過，在關鍵節點因為不同的選擇走向了不同人生。我很難想像自己重複四、五次的人生是何種模樣，不想再經歷一次高考，不想重蹈感情的覆轍，尤其已然成為想像生活的座上賓，實在不忍拱手相讓。

不想回到從前的原因，是對現在足夠滿意。

想起還沒出書的時候，我每天泡在微博上，發起了個話題叫「畫畫日記」。顧名思義，每天要發一則手寫的文字以及繪畫（還是太年輕，為什麼不起「畫畫週記」）。這個話題幾乎將日常焊死，在白天的工作間隙想一段文案，晚上到家謄寫在手寫板上，再畫一張圖。絞盡腦汁，時日久了，成了消耗。

碎片化的寫作容易分散靈感，原本可以寫進書裡的故事主題，也因為一百四十個字的高度總結，懶得再想。文學不比說話，說話是試圖讓自己和對方聽清楚，文學是一種曖昧，面對一朵花將採未採的試探，情感的綿延。

那時的暢銷書習慣兩段主情節後一定有漂亮的雞湯，變成短影音裡的熱門畫線、讀者摘抄的經典句子。當你的一句漂亮話成為閱讀的重心時，讀者往往只在乎最後的觀點，而你寫的故事如何，根本不重要。多少是有點投機的。

市場上這樣的東西多了之後，年輕的寫作者們需要靠很長的時間，來證明自己駕馭故事的能力。

這幾年出版的每本書，我都不只是寫作者本身，「惡魔之手」伸到了很多地方。圖書的印刷，封面設計，宣傳文案，甚至連銷售頁面的介紹，幾乎都是自己來的。

印象深刻的是二〇一七年，為了區別於同類作者，我們在暑假的簽售搞了個噱頭，叫「握手簽售會」。四十多個城市，每日一城，一坐就是一下午。左手與讀者握手，右手簽名，結束之後，在微博發布一條總結性質的長圖。長圖的文案是我自己寫的，一定要在簽售結束的一個小時內寫完，交給設計師趕圖，不能太晚發布，因為我的讀者學生居多，夜貓子們也扛不到深夜。

圍繞圖書的宣傳，我花了錢做動畫，拍微電影，請國際插畫師畫封面，總不想讓一本書潦草上架就結束了。但這些付出很難換得同等的回報，很多看書的人對此並不在意。前輩勸說，出版行業玩這些花拳繡腿沒用，花這些錢還不如多請幾個營銷號發發書裡的段子。為了讓更多人知道我出新書，我上過大大小小的媒體節目，穿著講究，以此證明作家的體面，消除刻板印象。但我名字旁的職業標籤，常會被錯誤地打上「歌手」或「演員」，為此又免不了幾輪溝通更正。

真的挺累的，卻也不知道在累什麼。明明努力過了，但收效甚微，那些大道理總勸你再堅持一下，就能走到最後，如果還沒有，就說明努力得不夠。可是終點到底在哪裡？

我那個做直播帶貨的朋友，每天說到後半夜，中午睡醒，繼續口乾舌燥地選品，終於聲帶長了結節，醫生讓他必須止語，否則後果會很嚴重。更嚴重的是，他如此忙碌一整年，幾乎沒賺到什麼錢，細算人工和場地成本，或許還倒貼了。不是所有趕上直播熱潮的人，都能輕輕鬆鬆一呼百應。

還有那些一次次考研失敗，仍然哭著挑燈夜戰，在浪中泅渡上岸的人；經歷過背叛，瘋狂在自己身上找原因，相信對方會回來的人；職場中努力為同事扛下工作，以為就能融入團體的人；在家人面前不斷證明自己的優秀，只為了求得一點話語權的人；即使身體無休止地吶喊，也要同時兼顧家庭與事業，只為了爭取與男性平等尊嚴的人。

即便內卷的說法不存在，我們也爭先恐後地從未放過自己。

我很少在公開場合聊努力這個話題，每個人都在修葺自己的舞臺，各有難處。就像我的職業，寫作是個抽筋剝皮的過程，不期待有人感同身受，多說無益。而那些在別處的努力，其實他人並不關心，說多了反倒顯得不務正業，還有既得利益者賣慘的嫌疑。主要是很多吃下的苦，弄得一身髒腥，也沒有結成果子。

不成功的努力，只是折騰。

在很多人眼中，我是個幸運兒，趕上新媒體的出現，仰仗一些得體的聰明，出的書有人看，就沒有然後了。

想起別人眼中的我，有幾件趣事分享。有一年，出版社新來的編輯帶我趕往寧夏簽售，車上他一路不語，到站已是深夜。他終於開口，第一句竟是彆彆扭扭的道歉，說當地沒有星巴克。我一愣，安慰他，沒關係呀，這麼晚不用喝咖啡。他面露難色，又說，可是明天也沒有星巴克。我疑惑不已，一個星巴克為什麼如此重要，問其原因，說是因為其他編輯交代了，我出行必須喝星巴克。

我攤手，又可笑又可氣，原來在別人印象中我有如此造作的氣質。我當場追問傳聞的來處。結果是前幾年最早帶我的營銷組長，怕我簽售犯睏，貼心準備了咖啡。這樣的好意流傳到他人口中，成了我咄咄逼人的要求。

暢銷作家，尤其是年輕的暢銷作家，自有原罪。就像某次接受群訪，一個媒體大姊在眾人面前給我難堪，說我這種九〇後寫的書不叫文學，外面排隊來看我的都是些小女生，問我怕不怕毀掉她們對文學的想像。我實在難忍，破罐子破摔，回她，沒有什麼能毀掉下一代，除了上一代的嘴。

你的畫像在別人眼中是固定的，沒有什麼能改變他人的看法，你唯一能做的，是少看他人。

三十歲是我思想的分界，大環境帶來的思考如恆河沙數，成日在腦中迴旋激盪。生活被揉捏成不曾見過的樣貌，對很多人事物的看法轉變之大，讓我始料未及。過去用力握緊的拳，因為「不重要」三個字而開始鬆動。不與人爭辯，少反思自己，自己做不到的事及時放棄，不期待在未知領域有任何張揚的建樹，完全篤信專業的人。

老天爺給每個人都塞了飯碗，端屬於自己的那一碗會好受些。

當然這不是躺平，而是更加專注手上可以做的事，自知輕重，逐漸變成一個靦覥安靜的成年人。年紀弄丟了勇敢，同時也弄丟了莽撞。

成年人的精打細算，不會再為誰翻山越嶺，更不可能無心看風景。一為活著，二就是為了看好多好多的風景，但如果看一趟風景太麻煩，那就算了。看過的中醫們老生常談，不要熬夜，少吃辛辣，我都乖乖照辦，可是失調的脾胃還是沒有好轉，要長的痘還是杵在臉上。晚上十一點早早睡下，連睡十個小時，第二天該睏的時候，仍然睏得不客氣。有人從不忌口，只睡五、六個小時，照樣精氣神十足，生龍活虎。這是基因決定的，承認別人的天生麗質一點都不難。在天賦和運氣面前，努力能改變的程度太低，不值一提。

做一件事，如果沒有正向的回饋，不會再增加吃苦的劑量，生活已經很難了，就算不自討苦吃，老天爺也不會放過你。

社會的排名賽之下，人們相信功不唐捐，跌倒之後，連躺一會兒的時間都沒有，必須快點爬起來努力。可是沒人提醒，頻繁經受生活的暴擊，我們的抗挫能力將會不可再生。如果每次努力，都以失敗告終，一次次的失望積累成習得性無助，最終會陷入更灰暗的情緒螺旋。

就像很累很累的時候，聽到「加油」和「努力」都會有生理性不適。

一個人能在這樣的世界裡，保持一點生而為人的高貴和體面，是因為我們還有思想，而不是我們很會努力。

我們在地理課上記住每一個城市的名字，依稀記得生物書上一株植物的解剖圖，背誦〈愛蓮說〉的全文，看搭載金唱片的旅行者一號流浪於宇宙。一切浪漫的習得，都在告訴我們，你完全可以放鬆下來，不管你是用力奔跑，還是只想散步，世界的美好一如往常。有時候，你只需要晒個太陽，做做白日夢。

北京近日天氣甚好，我的住處樓層高，一個房間的視野無遮擋。燈火將路面和矮房繡上一層暖橙色，遠山隱在無垠的墨藍天幕中，體貼地為著實耀眼的月亮讓出位子。不只月亮，還有好幾顆星星。開窗，冷風躲進屋裡，我哆嗦著身子，試圖用手機拍下天空，手都冰了，也拍不出來那些天體肉眼可見的美感。

好奇怪，從前忙碌的時候，沒覺得夜晚好看。大概那個少年一心只想著不再坐地鐵。終於不用坐地鐵了，後來誤以為他會飛。

小惡意

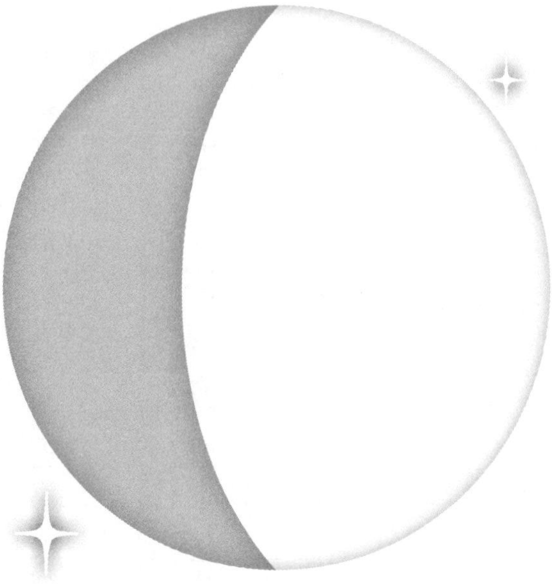

這是叢林，活成野獸。

朋友圈上一次更新還停留在月初。

窗外拍下的火燒雲，配文「真美」，點讚寥寥，氛圍淡漠。不知從什麼時候起，漸漸失去分享欲，不僅是我，外界也如是。幾個常用的社交平臺幾乎都是大家私人的《新聞聯播》。朋友圈當日記發的，為數不多的有兩個朋友，其中一個關係近一點，刻意展現如此豐富的生活，說是為了讓前男友看到她現在過得有多麼好。另一個是迪士尼樂園的常客，基本兩三天去一次，一次發十則。不必多問，她只是需要被療癒。

或許是意興闌珊的錯覺，現代人愈來愈抗拒美好這件事。不像以前所有人都捧著溫柔的糖果，在你與世界之間的門前來來往往。你躲在小黑屋內，向門上的貓眼張望，那些路過的善意，時不時變成叩門的聲響，向你遞上久違的甜。而現在的你，面對疾風驟雨，耗盡力氣開出一條門縫，看不清楚外面的人是什麼表情，害怕每一次毫無保留的分享，都會經受虎視眈眈的審視。

我之前看過一條微博，說是一對夫婦帶著六個月的嬰孩搭乘飛機。因為孩子第一次坐飛機，寶媽貼心地給周圍的每個乘客發放了耳塞和糖果。附上的便條寫著：他若哭，願能順走您的憂傷；他若笑，願能灑到您的心上。微博底下的評論紛紛表示被細節感動，為夫婦根植於內心的修養點讚。

經歷過熊孩子在高鐵、飛機上的折磨，即便我沒有身處於那架飛機上，當下也與這個片段中的他們共情。那個孩子長大後，也一定能成為善良的人。

我今早看到同樣內容的一篇帖子，還是那張照片和描述，但下面的評論卻截然不同，有人說父母夠了，想太多了，乘客沒那麼小氣；還有人用了很多時下話題，說明顯被社會磨平了稜角，說他們是討好型人格；更有人角度清奇地說，這耳塞看著就不舒服、炫娃……社會的趨同心理讓這些類似的惡意發聲不斷出現，他們厭倦了美好的同一性，發出的聲音如火山噴湧而出的灰塵，讓那些善良的觀點滾進沉默的螺旋。

句子掐頭去尾，表達變得單一，我們一鍵打開的不是內容本身，而是太多人對別人的評價和論斷。

輿論為何會走進這樣的暗巷？或是因為我們過於崇拜結果導向，用金錢、地位概括一切過程中的努力。加之訊息爆炸，那些更多更好但又不屬於我們的生活，強行擺在我們面前，造成了很多人對所處社會地位的不滿，隨之產生了巨大的身分焦慮。

雞湯說要接受自己的普通，可是普通人最難的三件事就是：結婚、生子、買房。三個雷打不動的任務像是人生恥辱柱上的釘子，將我們綁在市場經濟的命盤上，成為他人擺布的棋子，不得不捲入內耗和爭鬥。社會從增量博弈變成了存量博弈，必須比想像中更努力，才能活下去。

我們失去耐心，變得急躁，情緒負荷不了身體的動能，於是體面和溫良都不重要了，對他人苛刻，對自我逐漸降低門檻，想要將那些看著輕鬆溫和的人拉入同樣的泥潭。

反正做成什麼樣都會有人說的，那我為什麼不能先發制人，變成說的那個？

這是叢林，活成野獸。

我們的聰明伴隨狡猾，棄道從術，放下那些本質，規律，哲學，去追求投機取巧的方法，免去思考，習慣性地讓那些已經加工過的訊息，在手指與手機螢幕的滑動間來去自由。電視劇要倍速，書要聽三分鐘概括解讀，兩個小時的電影滿是尿點，總是忍不住看手機。音樂也只聽副歌，什麼都可以伴隨性地看看。

當可以選擇的事物太多，娛樂過度豐富時，人會落入破罐子破摔的頹唐之中，成為不再渴求真理的烏合之眾，以最舒服的姿態，身陷一場耽迷聲色的幻覺。

少與人提起的二〇一六年，頭一年接連出版了兩本書，銷售成績喜人。那幾本書的能量，擠破了我尚且年輕的繭，在成為更好的撲稜蛾子之前，評論紛至沓來。

喜歡的人非常喜歡，討厭的人憎惡至極。

每日打開這些書評都是極限拉扯，前一個人說愛到不行，為書中情節動容，深感療癒，後面一則又說是垃圾，是廉價雞湯文學，當廁紙都浪費。這還是尚且能被寫下的評價，那些問候爹媽，帶著髒字的惡意，我兩手一攤，如指中沙，細碎到捧不住。

家人都看網評，連我八十多歲的外公也有自己的微博帳號，他怎麼可能看不到？與他們打電話，能感覺到他們言語間的試探，問我一日三餐按時吃了嗎？最近工作忙不忙？有沒有熬夜？最後外公實在忍不住了，紅著眼感嘆：「寶貝外孫，我當時怎麼忍心放你一個人去北京啊。」

這種極端的感受與恐懼，讓我亂了陣腳。我性子急，像在幼兒園小班的打鬧，總想還手，看到沒來由的惡評，就想親自回覆。

當時合租的室友好幾次搶下我的手機，才沒釀成更難堪的局面。情緒無處發洩，我時常呆坐在沙發上，莫名其妙地掉眼淚。被朋友拉去KTV，喝不了幾杯酒，就哭個不停。我說別管我，就讓我情緒流淌一會兒。他們以為是酒精作祟，其實只有我自己知道，心底最柔軟的地方生出斑駁，我可能快病了。

那一年我寫不出東西，提筆一兩行，就試圖潤色成嚴肅文學的樣子，不上不下，風格盡失。我跟隨熱銷榜上的文學書單買了厚厚的一疊書，翻兩頁就睏，甚至開始懷疑自己的閱讀能力。當自信的堤壩潰塌後，洪水傾瀉，回天乏術。

他人視角裡，我是年少有為的正常人，只有我的手機草稿箱中，裝滿了沒有發出的爭辯與寫到一半的微博，它們成為我與我照面的祕密。

同年，因為某個故事做電影改編，我常去上海開會，過程並不順利。電影是集體作業，少了一環就無法運行，作為原著，我一直認為自己是重要的，配合做劇本，心態絕對開放。項目過程中，突然好幾個月沒有消息，片方給我的回覆是，新換的編劇正在寫。後來這個編劇半夜打電話來向我哭訴，說是片方不讓她與我溝通，怕我作為原著作者會影響編劇創作，還說片方硬要在愛情故事裡安排一隻熊，真實的熊。不知道誰提出來的，說到時候海報拍出來吸睛好看。

那一個小時我幾乎都在安慰她，掛了電話我也哭，委屈難言，生活真的好難啊。

都說人憂鬱的時候，會失去安全感，有被害妄想，幻視幻聽，這些我都沒有。除了某樣東西總找不到，然後再一回頭，它就待在最顯眼的位置，不知道這是靈異事件還是我眼拙。

書上說，刻意要找的東西都是找不到的，就像那段時期，拚命找快樂。寫過那麼多文字，輕巧地拿出一句，似乎就能療癒自己，但於我無效，只能深切覺知自己的痛苦。我像個冷靜的醫生，目睹生病的自己，滿是嘲笑。

清醒的憂鬱最痛苦，我是我在白天吃的苦藥，我是我在夜裡掉的眼淚。

有一日到家，看到室友的半瓶可樂放在我的書上。我與室友大吵，直接將瓶子砸在地上，濺了對方一身可樂。那是我第一次情緒失控。我摔門而出，剛出了單位樓門，就後悔了，心裡像是有個繃緊的皮筋，只要衝動地先鬆手，理智隨即就會感覺痛。

太理智就是這點不好，總會抽離出來，觀賞自己反覆冷熱的情緒，有時魯莽衝動，有時草率幼稚，對人無常，像是小丑。我不喜歡這樣的自己。

給室友發了長信道歉，他沒回。我在家樓下徘徊，走到小吃攤，想起到用餐時間了，買了一袋他喜歡的生煎包。拎著熱騰騰的生煎包，走到樓下，見到正來找我的室友。我看了看他來不及換的居家拖鞋，他盯了一眼我手裡的生煎包，我們相視傻笑。他指著身上帶可樂味的衣服，說：「你是真濺啊。」

他挺會罵人的。

聽說理髮有助於趕走憂鬱情緒，我強迫症式地開始對頭髮下手，過個十天就去理髮店修劉海。這樣折騰理髮師的日子持續到年底，有個去雲南支教一個月的機會，我沒多猶豫，當是散心。

那一個月我完全放下了爭議的暢銷作家身分，只與孩子們相處，吃住在一起。村子裡仍然保持原生態，腳上會不小心踩到牛糞，抬頭也能瞬間因為暮色的天空原諒一切。離開電子產品，擁抱自然和純真，可以回到靈性的狀態。

後來我將那一個月的體驗寫在新的小說裡，作為其後新書試讀的故事，篇名叫〈再見永無島〉。「永無島」是彼得・潘永遠的童年，也是我避世的那部分自我。當與外界的聲音和解後，才有勇氣告別安全港。

很多時候，之所以不自由，是因為自己不想要自由，結果是自己選的。就像《被討厭的勇氣》裡說：現在的你之所以不幸，正是因為你自己親手選擇了不幸。

真正自由的我，提筆如槍，殺回來了。

正是因為懂得言語的能量，所以更是不妄言，見人見善面。只要是我喜歡的人，我都會發自真心地讚美他們，每一次讚美都是隨喜，我相信同樣的運勢也能降臨到自己頭上。

雖然身處現在的大環境，類似從前美好的表達少了，但我有個保持了多年的習慣，每月一號會發一則手寫字配圖的微博，作為與讀者間一期一會的儀式感。亦是提醒自己，記得書寫的溫度。字句簡短，不喪。說實話這麼多年過去，早已寫不出什麼花樣了，轉發評論也從當年的幾萬掉到現在的幾千。稱不上摛藻繪句，但明顯大家對這類的溫柔免疫了。

其實不單是手寫字，寫的書也是。旁人問過，試試轉型。我想了想，直覺不怕，每個人其實都太累了，他們齜牙咧嘴地堅定佇立著，帶著一點無處發洩的小惡意，手無寸鐵，卻還是撐住半面塌下來的天。

誰的天空夠寬呢。

我們的一生，不過都是一場補齊殘缺的修行，總會需要一點安慰的。我也期待更完滿的那天。

掉下鋼索的人

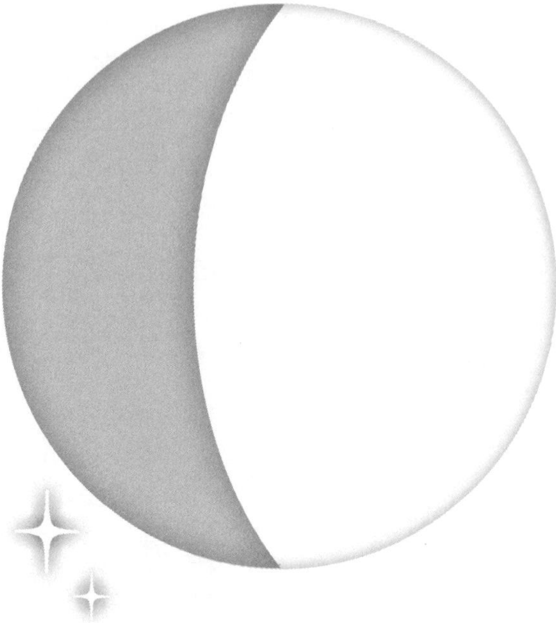

人總是一手用輕狂交換回另一手的成長。

手機相簿裡有一個功能，叫「為你推薦」，裡面躺著諸如「昔年今日」、「下雪天」、「人像」，以及城市地名的照片集錦。我經常會在不經意間點開時，被猛然一擊。

我不是一個擅長懷念過去的人，被時間修飾之後，再看到過去種種，竟然都比現在順眼。幾乎不用什麼美顏功能的自拍照；在不同城市中藏匿的四季風景；那家好吃的拉麵店，是迷路在箱根的小街上偶然發現的；巴黎的花神咖啡從照片中也能滲出香氣來；月牙泉的駱駝朝我眨了眨眼；忘了在臺北夜市吃到的最後一口食物，是甜不辣還是蚵仔煎……靠照片在回憶裡旅行，加深了那種恍若隔世的錯覺。

年紀大的標誌之一，是原諒所有，包括自己。標誌之二，是開始回看過去，發現過去發生時黑雲壓城，回顧時都成了良辰美景。

我很少有整理手機內存的習慣，即使換手機，照片影片也都留著，微信聊天記錄可以追溯到五、六年前。最近有太多時間待在家中，終於想起整理相簿，用了好幾天的碎片時間回看過去：工作採訪、演講、節目錄製，或是同事隨手錄下的日常。

那幾年的我，大體是豐滿自信的，從拍照時極力克制，但仍藏不住的表現欲能窺見一二。反觀三十歲後的修身養性，竟然將往日的飛揚跋扈也磨平了。不愛拍照，不想成為別人關注的焦點，能止語便止語，多說幾句話都覺得是一種消耗。

走在鋼索上，每一步都是華麗的表演，從前汲汲營營只想順利到達對岸，現在無人打擾，停在半空中。但人無遠慮必有近憂，與自己較勁的一大特點，就是要處理變幻莫測的思緒。

青春期的我是不愛說話的，家庭聚餐永遠以最快的速度吃完下桌，站上講臺發言都會喘。我對這個世界很疏離，沒有觀點。後來因為出書的關係，加上微博一百四十個字的金句要歸納一個道理，這種操練式的頻繁輸出，倒也將臉面練厚了。這成為治療我性格內向的良藥，或者說，是恰逢其時的養分，讓原本二十來歲還在辨識世界的我，提前擁有了還算穩定的情緒和成熟的三觀。

我略過了很多不見棺材不掉淚的奔波，直接跳級成為別人心中的樹洞型選手。生活中隨口講一句話，能讓朋友覺得有見地；書上寫一句話，成為數年後還在被情感大號轉發的素材。

有一個曾經跟了我很多年的化妝師，他說「長大」兩個字在我身上特別具象。從第一次上電視節目，站在主持人身邊，話都說不完整，到後來面對讀者的提問可以滔滔不絕，只要撿起話口，話題就能不落地，一直聊下去。

輸出是會上癮的。尤其是當你的表達和觀點真的能讓聽者受益，得到及時且有效率的回饋時，人的某種特性就過於突出，像是月亮周圍的彩色光環，過於耀眼，會讓人們看不清它們本身。依靠著這種「月暈效應」，我說過的話，寫過的故事，比我這個人要生動得多。

畢竟流露優越感是人很難克服的本能。

說實話，現在如果討論表達者的宿命與悲哀，難免有種既得利益者的矯情。我思故我在，那些表達讓我成為今天的我，但懂得太多道理的人，生活中往往容易遭遇不幸。就像孩子們在岸邊堆起的沙城，白天放肆歡愉，夜裡要獨自面對漲潮的窘境，浪一來，便陷入清醒的迷思。

從手機相簿裡翻到一張照片，心沒來由地一緊。這是一張我忘記刪除的節目海報，去年參與錄製的。當時朋友盛情邀請，我一看介紹，狼人殺節目。我問：「是那個我根本記不住大家發言，而產生不了半點遊戲樂趣的狼人殺嗎？」朋友說：「你不用記，我們沒那麼專業，純娛樂節目，你會說就行。」

朋友稱，狼人殺也是一種表達。同事勸我，要跳出舒適圈。

那幾年，「跳出舒適圈」等同於中學生寫作文放在開頭結尾就會加分的名人名言，儘管我到現在為止都不太理解，我們在自己人生的圈套裡已經過得夠艱難了，還往外瞎跳個什麼勁。

我不太會拒絕，耳根子天生軟爛，目前為止的人生，浪費的時間幾乎都是為了後悔復盤的。除非踩到我的邊界。我一共拒絕過兩個節目，一個是去部隊裡訓練軍犬，另一個是去少林寺比賽寫作。

後來證明，人必須要有邊界感。

因為沒怎麼玩過狼人殺，錄製前我還特地去桌遊吧與陌生人組過兩局。我騙人的時候邏輯盡失，容易結巴，這種撒謊比上學時拿著假冒成績單找父母簽字困難多了。到了節目現場，嘉賓都是專業大神，拿到身分牌的我，像被施了咒，全程幾乎是丟了魂錄完的，不記得說了什麼做了什麼，從未有過地緊張。

節目播出前，我為配合宣傳在微博發了自己的海報，結果當晚就被網友圍剿了。菜鳥上崗，我能想像一萬種被罵的理由，點開看評論，怎麼都在說我性別歧視，當即就傻了眼。

我膽戰心驚地找出自己那一段節目，忘了是第幾輪發言，我試圖表現輕鬆，出其不意，想當然地說這輪被刀的男生，有可能身分是狼，因為他睜眼發現同伴是幾位女生，想早點結束遊戲就自刀了……

我沒敢繼續看下去，確實像在看一個瘋子胡言亂語，怪不得別人過分解讀。或許當時只是想表達自爆的玩家太厲害，也或許因為緊張，玩起了自以為是的幽默，總之因表達而擁有第二人生的我，卻因為說了欠思考的話，打磨了一件精緻的兵器，交付於他人，再手刃自己。

「性別歧視」這種標籤刺在身上，太痛了。我的讀者多是女孩子，發生這樣的事，慶幸依靠多年的默契，她們知道我堅守的立場，並沒有責怪我。但那些看了這一段節目就對我蓋棺定論的觀眾，我也無法苛求原諒。

別人沒有義務了解全部的你。

毫不誇張，我現在看到「狼人殺」三個字都有生理痛覺。口業由我造成，事後讓朋友向那幾位女嘉賓轉達了歉意。

一場小風波結束，閉門多日，我總結出以下幾個道理：

一、絕對不再去自己不擅長的領域隨便「斜槓」[2]，因為對其他專業的人來說，就是資源被占用，是一種冒犯。

二、同樣是口號，「做舒適的自己」和「跳出舒適圈」，選前者。把自己做明白往往就要花一輩子的時間了，有時候不必跳出舒適圈，其實可以擴大舒適圈，爭取方方面面躺著也能過好。

三、該拒絕就拒絕。拒絕他人時，似乎總會將自己放在做了虧心事的一方，傾訴自己的心路歷程，即使沒有，也要找個漂亮的藉口，一絲不茍地搪塞回去。其實在別人眼裡，無論何種理由，你就是拒絕了，如果對方對你畫了叉，不是你的問題，而是他的問題。這種朋友不交也罷。其實，你不願意的事，要學會說，不用了，不需要，不可以。

四、人是經不住了解的，不以三兩句話妄斷一個人。

五、人長大的標誌再添一，說委屈沒用，只能找個沒人的地方抽自己。

人總是一手用輕狂交換回另一手的成長。

之後，我變得寡言，一來是因為輸出太甚，肚子裡存貨不多，總害怕說話不高級；二來是因為懶得說。表達存在裂縫，修補得更為審慎，我一度不再在社交平臺上發表觀點性的文字，就連與朋友的相處中，也少了玩笑的環節。每下筆一句人物的描寫和臺詞，都要自查自糾，有沒有冒犯到不同的群體。

直至某日打羽毛球，遇到一位女老闆，因為我們開場前用音響放了幾首歌，她言詞

---

2 網路用語，指多個領域的多個身分。

激烈地命令我們關掉，說她更年期怕吵。同行的朋友發火，說結束後一定給個差評。結果我們剛開始打，女老闆主動前來指導我們的動作，溫言軟語的，像變了個人。她說自己退休前是羽毛球教練，用所有的積蓄開了這家小場館。我們紛紛表示被她剛才的態度嚇到了，她樂呵呵地回應：「習慣就好，做老闆可以霸道，做老師必須溫柔。」

後來我又去那個場館打過幾次球，只要遇到那位女老闆，她都會先免費教學二十分鐘。儘管每回說的內容差不多，球飛來時要提前判斷，要側身迎球，兩隻手要舉起來，力量要放在手臂而不是手腕。道理真的都懂，就跟做人一樣，站穩了，還是免不了犯錯。

我沒什麼運動天賦，唯有羽毛球還能打上幾回合。她可能看出我身上零星的潛力，總是熱情教我揮拍，什麼時候聽到球打在拍上厚重的悶響，就離高手不遠了。她問我：「會不會嫌我囉嗦？」我再三搖頭，玩笑道：「只要你不收我鐘點費，你說什麼都可以。」她中氣十足地囁嚅兩聲，一臉不悅，那位霸道女老闆又回來了：「我才不管你愛不愛聽，反正我想說，也許說的是廢話，但證明我一天天過得挺開心的。」

誰不是接受命運附贈的長桿，在親朋好友的注視下，表演完美？高空已經走得太累，那一刻，我腳下緊繃的繩子終於斷了。

都朝春天去吧，別爛在過去和夢裡。

抑鬱飛馳

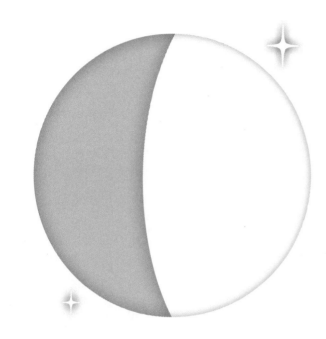

人類的底裡是悲傷，我們都在用厚重的顏料，
覆蓋那些粗糙的線稿。

寫書這幾年，每年的時間基本被分成上下半場，上半場創作蓄力，下半場全國簽售，與讀者見面。在直播賣書還不盛行的那些年，寫作者身體力行能為新作宣傳的方式，大概就是奔波於每個城市的商場書店間，靠一紙簽名，完成與讀者之間盛大的結緣儀式。

我在簽名這件事上比較有發言權，記憶最盛的是《後來時間都與你有關》那本書，四個月跑了快五十個城市。最忙的時候每天換一城，睜眼和閉眼睡在不同的酒店，與天氣鬥智鬥勇，一行人推著行李箱在機場火車站小跑，遇到距離近的城市，就迎著凌晨的星光，在高速路上飛馳。不能輸給車內小我幾歲的同事們，我強撐著剩餘的精力，一定要跟著車載音響唱完一整首歌。

當然，這一切有些許愜意成分的加工。將興奮和疲憊掐頭去尾，簽售本身其實是個體力活，簽名，抬頭，微笑，握手。最怕聽到的提問三連：記不記得我？對我們城市有什麼印象？喜歡我們城市哪道美食？我是七秒記憶的人，加上奔波和長時間的重複動作，大腦放空，會忘記此刻在哪個城市，只記得要少喝水，因為中途上不了廁所，以及對抗久坐後的腰部不適。

能消解這種制式化的，一是來了很多熱情的讀者，站在活動方的立場，沒辜負所有人的努力；二是自我充電，能在被愛裡收穫認同。

我很大一部分的自我認同，來源於喜歡我的人。

沒辦法，我就是少了點自持的慧根，無法無理由地達到自愛。我對這個世界的愚見，我生活中反應的那部分憂鬱，都因為被人喜歡和有人理解，而得到紓解。

儘管每個人都應該是獨立的個體，我也還是偏愛與他人建立情感連接。一定要允許自己的一部分寄託是發生在別人身上的，要麼得到別人肯定，要麼被別人感動。心若不被觸動，跟死了有什麼分別，不想要小紅花的人，那幼兒園白讀了。

我逢人便推薦的一本書《抓落葉》裡說：「如果你運氣好，人們會以自己知道的方式愛你；如果你真的非常幸運，人們愛你的方式恰好是你所期望的。」

我算是非常幸運的寫作者，每本書都有機會跑簽售，因此幾年過去，在每個城市間累積了很多緣分。第一年，隊伍裡有個緊張到講話結巴的小女生，現在是獨當一面的活動組織者，捧著讀者們親手製作的禮物，在臺上告訴我「我們永遠在你身後」。第一年，小夥子說他替女朋友來看我，後來他牽著女友的手出現，說他們已經結婚兩年。第一年，有很多人告訴我他們的夢想，後來夢想千帆過盡，他們成了教師、空姐、護理師、攝影師、媒體人、研究生、創業者……幾年間，從外表到底裡，我們都變得越發美好，不知不覺間形成了奇妙的陪伴感。

人與人之間的關係太脆弱，經不起現實審視，但堅韌起來，無論是怎樣的親疏，都不太容易分散，遠比「愛」更堅固的介質，叫做「時間」。

每回寫書的那幾個月，相對冷漠，絕對孤獨。平日就不喜歡社交，創作更是喜歡封閉自己。生活作息規律與否不重要，不健康的其實是與外界完全脫軌，幾個月過去，再面對世界，總會感到生疏。

我是那種慢啟動的人，與慢熱不同，不內向也不安靜，向來是熱情的，只是機器幾個月不充電，重連電源後，需要較長的時間調回當初的狀態。表現在出門就犯睏，與人對視會不安，講話偶爾遲鈍。

本以為這樣封閉的體驗都需要主動去找，誰能預料人類在過去三年，陷入一場平行世界的幻覺。我們需要習慣一個人，臉上長出口罩，囿於熟悉的環境中，那是長達好幾個月的無所事事。

人就是這樣的，環境能流動的時候，生活像一根鞭子，我們被迫往前跑，來不及悲傷，當束手束腳困於一隅時，除了思考下頓飯吃什麼，只會思考人生。但人生根本就不是用來思考的，而是用來度過的，思考太多，身體跟不上腦子，就會「生」不下去，折騰出病來。

疫情期間我寫了一本書，除此之外，更加敏感，見不得人哭，一篇社會新聞也能讓我沮喪好久。伴著那本書做了幾場小心翼翼的簽售，才讓熟悉的安全感回來。

與大家重逢，竟有種劫後餘生的錯覺，見著一些熟面孔，心裡癢癢的，稍微在臺上多講兩句，鼻子就發酸。

以往讀者最愛讓我寫的寄語前三名是「未來可期」、「生日快樂」和「加油」，結果那幾場簽售，有好些讀者讓我在書上寫「好好活著」。現場互動提問的讀者，說兩句話就哽咽了，她說我的書給了她配合治療的勇氣，即使是最難的時候，也沒有放棄自己。口罩都哭濕了。

簽售的隊伍裡，排到一個紮著辮子的女孩，不說話，向我遞上一張小紙條，上面寫著：你好，能不能給我寫，不要死。我抬頭看了看她，因為戴著口罩，隔絕了臉上的表情，但從眼神裡，我能看出那個向我求救的訊號。簡單的三個字，就像是對著殘疾人說，站起來；對已經千瘡百孔的人說，不許哭。對情緒落入谷底的人來說，讓她加油，就是淩遲。她何嘗沒有告訴過自己千百遍，她只是想讓我替她寫下這三個字，尋找一份微弱的堅定和認同。

這個時代放在檯面上的「正確」越愈多，也就愈讓個體的情緒難以消解。我們整理自己的崩潰，抵抗根本無法與他人說的憂鬱，那些難熬的時刻都是獨自度過的，但所有人都只是覺得「你還好」。

北京場的簽售，有個排在最後上來的男孩子，顫著手告訴我他的童年遭遇、他的病，以及他對寫字和畫畫的愛。我坐在凳子上仰著頭看他，為了掩飾上湧的眼淚，起身抱了抱他。

坦白說，面對他人的憂鬱，我束手無策。因為害怕每一次的勸慰都是打擾，站在說話不腰疼的立場，我只能用一些溫和的文字，製成旁門左道的藥方。

寫段比喻吧。有人是飛機，它也在天上，但是遠沒有宇宙耀眼的天體那麼動人。作為交通工具，它的宿命僅僅是每一次起落安妥，它絕對應該有自己的情緒。可是如果換個念頭，只要保證不墜落，試著接受這些酸楚，當天氣好的時候，飛機飛上夜晚的天空，經過璀璨的星群，只要地面上的人抬頭望，在他們眼中，它也是一顆發亮的星星。

甚至比星星還可愛，你看它還會散步啊。

每個人都有洩洪時刻，只是你的水流湍急，大了點。就算是一場海嘯，也總會過去的。不要忘記，人類的底層是悲傷，我們都在用厚重的顏料，覆蓋那些粗糙的線稿。但畫畫的人知道，有些線條是蓋不住的，仔細看還是看得出，不過不影響你成為作品。

我每次出書，雖然嘴上說著不在意，但畢竟是自己的孩子，終於鬆手放它走，還總在不遠處偷偷看著它。說實話，要不是讀者多次告訴我，我的書可以療癒他們，最難的那段時間都是看我的書過來的，我也很難確認，此刻的我，到底在做什麼。每一次自我懷疑，可能真的也無法消化，這不是看看哲學和宇宙就能解決的問題。

我們這一代，缺少自信教育，父母不善於表達愛，從小只知道，學習不好可能會去街上撿破爛，總有個什麼都比自己好的別人家的小孩，在大人的飯局上要會背古詩，張羅琴棋書畫，因為每個人都要找到自己的熱愛。但沒人教我們，當全世界的熱鬧都出現在一臺小小的手機裡時，如何處理席捲而來的焦慮和負面情緒。也沒人告訴我們，如果一個人找不到熱愛，那活著的意義到底是什麼。

在這個連快樂都要分高級低級，身材和容貌也能產生焦慮的社會，每個人看似光鮮亮麗，保持微笑和營業式的忙碌，但只有獨處時，才會狠狠地重複失落。手機訂單裡最近買的那本書，竟然是本心理類書籍。

簽售之前，各活動方有媒體採訪，經常被問有什麼建議可以送給年輕朋友。幾年前說，少聽建議，過好自己的生活。現在想說，請想盡辦法讓自己更自信一點吧。

這個世界上已知的事物太多，還有好多我們不曾發覺的物種，正如我們來到這個世界上，只活一次，都是一小段風景。此時的你，或許是山間的一朵黃花，掉落的一片葉子，駐守在巷子口的路燈，一陣無人過問的煙塵，也或許是深海裡沒被發現的魚，沒有被命名的星，怎麼抓也抓不住的風。人們定義的美好，只是大多數人追隨的喜好而已，你不必勉強變成那個事物，做擅長的你自己就好。

我在書裡寫，宇宙於百忙中讓你降臨，是為了讓你看見自己的特別。你身上所有殘缺的、富足的，你的快樂和你的悲傷，有天賦與熱愛的你和平平無奇守在自己一畝三分地的你，都是你，獨一無二的你。不必說，我要努力快樂，我們真的不是為了快樂活著的，它不應該是你人生追求的唯一目標。

人生的意義，活著，走到最後，僅此而已。

要更自信，對所有人說，也對我說。別怕啊，煩心事太多了，生活也確實不容易，還要應對不想做可又必須做的事……但還好，至少有那麼一兩個自己真心偏愛的人，想想他們，也就有了為此奔跑下去的勇氣。

調教父母指南

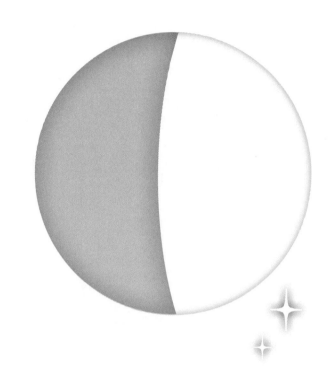

人是愛的容器。

記得我愛你。

一個人的成長，其實可以從他們與家人聯絡的頻率中看出來。

想起到北京的頭兩年，幾乎三天與我媽通一次電話。那個時候，身上是帶著故鄉氣味的，稚氣未改，聽得懂閒話，擁有同一些家常。後來幾年，他鄉上場，北京這座城市看似沒空管你，但擋不住熱情，很會塑造一個人，動輒脫胎換骨，幾年光景就有可能徹底改變一個人。

這些傷筋動骨的疼痛很少與父母提及，篩選後能聊的話題不多。我媽問我：「是不是報喜不報憂？」我說：「報憂你能給我解決嗎？我還要反過來安撫你容易多想的情緒。」一剝洋蔥的人沒哭，洋蔥先哭了。

其實不是不願意聊，好的東西翻來覆去雷同，但不順都各有各的坎，不知道從哪裡講起。就像這些年遇見的人，好人都相似，壞人千奇百怪，打得你猝不及防。年紀小可以允許自己哭鬧，當你開始選擇嚥下悲傷，擁抱沉默，不再想被關注時，其實就步入了成熟。

那些吃喝拉撒的瑣事，經不住三天一個電話，而後變成五天，一週……我媽發來無聲抗議，是篇公眾號推文。不知道是哪國專家的研究，說人們溝通中的訊息，實際上只有百分之七是透過語言傳遞的，百分之三十八是透過我們的語氣語調，而身體語言占到了百分之五十五。在面對面的交流中，我們會同時調動這三個要素。當我們用電話交流時，我們就失去了身體語言，只剩下兩個要素了，但如果我們僅僅使用發微信或社交媒體來溝通，我們就只剩下一個要素。

我會意。自此我們的溝通從微信語音變成了打視訊電話，勉強三個要素齊備。

我媽興致盎然，她不太會掌控自拍鏡頭，經常一張大臉占據整個螢幕，我爸卑微地湊在一角，露出四分之一張臉，靠嗓門拉高存在感。那渾厚的高音只要多說兩句，我媽就著急上火，覺得他霸占了與兒子聊天的時間，於是兩人開始互相揶揄告狀。最後往往都是我托著腮，看著兩個愈來愈像孩子的人，變相秀著他們的恩愛。

父母不能細看，尤其是這個年紀的父母。每一道皺紋都長在我心巴[3]上，每一根白髮都刺在我眼裡，每一次操作手機時，笨手笨腳的樣子都打在我情感軟肋上。儘管練習與父母相處，就是要克制一點感性，但還是抵不過時而想念加深。

挺認同那位專家的研究的，等與他們見面，還上的身體語言，是一個擁抱。

我一向認為與父母的相處是要「調教」的。首先，是用經濟獨立來宣告自己的成年。

3 網路流行詞，指代心臟。

我經歷過很多朋友或者讀者的詢問，他們都因為無法與父母溝通，而陷入親密關係的惡性循環。因為他們聽不到你真實的聲音，某種程度上，甚至剝奪了你表達自我的權利。究其根源，或許俗，但直接：如果一個人步入社會的試煉場，還在或主動或被動地伸手接住父母遞來的錢，那在父母眼裡，都還是與小孩子博弈的供需關係。

我看過網上有個段子說人一生會長大三次，第一次是在發現自己不是世界中心的時候；第二次是在發現再怎麼努力，有些事也令人無能為力的時候；第三次是在明知道有些事可能會令人無能為力，但還是會盡力爭取的時候。我認為太喪了。我的三次長大不太一樣：第一次是你意識到你就是世界的中心；第二次是你閱人無數終於愛對了人；第三次就是不再向父母要錢。

有一回過年，那時我已經出版了三本書，還算踏入經濟獨立的門檻。年夜飯上，按我爸的要求，晚輩們要逐個起立說祝酒詞。在發言之前，我給桌上的每個親戚都包了紅包，數目不大，但先發制人，那次發言比任何一次都有底氣。我聊人生，希望所有人活在當下，其實沒有什麼事是重要的，除了生死，哪一件不是閒事？讓我們乾了杯中酒，今後大家都顧好自己就行了。

話裡有話，即使不合時宜，至少也將話題帶去了另一個方向。所有人認真看著我，似乎聽得盡興。

那種情緒很複雜，每個孩子用盡渾身解數迎來大人的關注，有時是想多討一顆糖，而有時，只是想讓他們認真聽自己說話。這樣的注視來之不易，我知道從這天開始，終於等來了他們眼中我真正的成年。

家人對我們現在的工作很難了解，但了解人民幣，畢竟花了半輩子的時間與之交手。你終於擁有了同他們一樣的入場券，成為入席的大人，甚至撂下更多的籌碼，他們自然會跟著你下注，覺得你應該走進了他們想像中的生活。所以其實很多人弄錯了前提，解決與家人溝通的問題，不是坐下來開始聊，而是先去掙錢，如果還是聊不下去，那就是掙得不夠。

調教的另一個階段，是告知你的邊界，親情不切割，但是生活需要切割。

身邊的朋友很多都是資深北漂，想來我到北京也有十年了。除開大學四年住校的緩衝，其實與父母生活在一起也不過十幾年。那十幾年，我們是一座被精心照護的小山，而離開故鄉的這些年，終於能獨立置身於荒野之中，任爾東西南北風，成為風的凝固態，成為那座最特別的山。山與山之間，隔著一段探尋自我，三觀重塑，變化巨大的光景。

人身體的每個細胞，間隔七年會重新換一遍，我們早已不是當初的我們。我們經歷過思想的匱乏，情緒無處發洩，又要接納身體裡膨脹的自我，那些逆耳忠言劈頭蓋臉地降臨，讓我們成為一個社達（社會達爾文主義）的、殘酷的，同時也是體面的、善良的矛盾綜合體。生活中徘徊的振奮和沮喪，像是一場幻夢，醒來後，還是要自己擦乾眼淚。

以上種種，父母都沒有參與，他們也很難理解，這不是靠耐心溝通或者一腔孝意就能解決的問題。

這個世界，會愈來愈尊重和看見每一個特別的人。但父母看不見特別，你說人要有自我，他們聽不懂，因為他們的一生都在為環境讓步，為別人工作，為別人考慮，有了你之後，只會圍著你轉。你繼續說要自由，他們會跟你討論結婚；你不結，他們說那你自由個什麼勁。你連爸媽都沒有解決好，還談什麼理想和自由？

追求自由這件事本身就特別不自由。

與我媽印象很深的一次談話，趕上我情緒低迷的一段時間。螢幕顯示已經聊了四十分鐘，話題重複著我爸不愛收拾家務的毛病，還有哪個低情商親戚又說了什麼不動聽的話。我實在忍不住打斷了她：「媽，我們接起電話到現在已經四十分鐘了，我沒掛電話，是因為覺得與你聯繫少了，我們是需要彼此分享生活的。但你有沒有想過，這些東西你已經跟我說了很多次了，你要麼就解決它，要麼就接受。我不是超人，我真的沒有義務當你情緒的垃圾桶。」

那場談話結束後，我呆坐在沙發上，等來了落日。四周光線消失，原來看著黑暗降臨的過程，感覺是如此糟糕。父母偶爾會用讓我們煩惱的方式，提醒我們內在的不足和擰巴，我看著窗外的點點霓虹，伴著巨大的失落感，給自己煮了碗餃子，最後吃不下，都扔了。

書上說，身為父母、配偶、被愛之人的你，別讓你的愛成為黏合的膠水，而是讓它成為磁鐵，先是相互吸引，然後反過來相互排斥，以免那些被吸引的人，誤認為他們必須黏著你才能活下去。

這其實是一種傷害。

人人都要渡河，水花濺起，千災百難，真的夠累了。有權利讓你開心和難過的，只有你自己。所以你的邊界、你不想被打擾的生活半徑、會傷害到你的言論，明確告知父母，甚至本著你們會大吵一架的目的去說。場面或許難看，但愛就是一場磕碰，如果他們愛你，即使永遠不理解，也能看見你的態度。

你是誰，親自告訴這個世界，而不是讓別人告訴你。即使是最親近的人。調教的最後階段，既然無法選擇父母，就選擇放過自己。

我媽天性比較負面，一件事到她身上，容易往壞處想，她也常說自己嘴笨，總是口是心非。最戲劇性的一次，還在我面前掉眼淚，說自己是個失敗的媽媽。我捂住她的嘴，說：「媽，戲過了。」

我爸是另一個極端，過分樂觀，從前做過主管，喜歡指導別人，總怪我堂妹太內向，我說：「不能因為你外向，就不允許內向的人存在吧，敏感的人後來都成了藝術家。」

我特好與我爸抬槓，在日常生活中鬥智鬥勇。他在家庭群組裡轉發專家言論，我就發闢謠帖；他連給我發好幾條親子的抖音，變相催婚催生，說父愛如山。我回，「好大的山，就像你，沙發一坐，一動不動」；他說人要做好計劃，我說人的痛苦就來源於自我規劃，因為最後發現計劃都實現不了；他總拿自己年輕的遺憾說事，說要抓住機會。我說其實不是你錯過了機會，而是機會對你喊了很久，「來呀，抓我啊」，可是你的手根本伸不過去，還沒有抓住那個機會的資格。人間真相就是，你抓得住的，叫機會，抓不住的，叫想太多。

我爸拗不過我，往家庭群組裡連發好幾張他們的公園遊客照，試圖轉移注意力。我點開看，每張放飛的絲巾底下，是眼睛都沒睜開的我媽。他絕對是我媽的頭號黑粉。

我性格中的明媚與憂傷，在了解他們之後越發清晰，父與母的完美結合，成了我現在的終極擰巴。陳奕迅那首外向的〈孤獨患者〉，聽到耳朵生了繭，唱的就是我。

再強大的外力，在基因面前都要俯首稱臣。

近幾年「原生家庭」這樣的詞被頻繁說起，好像所有的性格缺陷和不幸福的歸因，都可以推給原生家庭。我們每一個過不去的坎，情緒的結節，都對應著童年時他們在身心上留下的痛處。

我見過真實的受困於原生家庭的例子，最殘忍的，莫過於要接受父母其實真的不愛你的事實。那道血淋淋的裂縫，日後靠再多的愛和歉意都無法填補。

我悲觀有時，剖析自己的時候，也想從父母身上找原因，但我這年紀都已經可以自己組成新的家庭了，還從原生家庭找原因，著實有點不要臉。

其實想想我還是很幸福的。時代收起了父母那一輩從小對愛的想像，於是他們略過所有修辭，將幸福用白描的方式書寫。如果我在他們的作文裡，加上愛的比喻，尊重的排比，逗號是凝望，句號是理解，其實通篇就是一封情書。

原生家庭的因無法更改，但是果，可以接住，嘗試扔掉。每個人都值得擁有自己的人生，從前的你格物致知，克己復禮，經過了太多小心翼翼的試探和反思，該成為一個不要臉的大人了。

二〇二二年的記憶很混亂，歸功於生活的一地雞毛吧。可嘆又可笑的是，我與父母就見了兩次面。一次回成都，外公突然高燒病倒了，全家都在照顧他。那時藥店買不了感冒藥，只能去醫院。發燒門診必須做了核酸檢測才能進，前後折騰一天一夜，外公終於吃完藥，在我家睡下了。那晚我們輪流照顧他，我爸累了一天，沙發上很快傳來他的打呼聲，我媽坐在一旁的餐凳上，直直地望著外公房間的門，眼裡已然沒了神。我能感受到她餘波未消的無助和慌張。

清晨，外公終於退了燒，我們在廚房忙碌，準備給他煮個養生粥。我爸洗著菜，笑著問我：「今後等我們老到走不動路，你會不會這麼照顧我們啊？」我開玩笑說：「你們身體那麼好，可能我比較需要你們照顧。」我媽舉著鐵勺，搶過話：「說什麼呢，別說照顧，就算現在是槍林彈雨，我也會拚盡全力擋在我兒子面前。」

一語成讖。第二次見面，我的畫展在重慶開展，他們來了，結果忙前忙後連飯也沒和他們吃上。當晚與主辦方慶功，喝到酒精中毒，吐到第二天，下床都困難。他們來酒店照顧我，餵我吃了藥，我媽坐在床邊，看我疲憊的樣子滿臉心疼，撥弄起我的頭髮。我也不知道自己怎麼了，這一年身子弱了，白髮瘋長，全被媽媽看在眼裡。她不停念叨著，兒子怎麼轉眼這麼大了，好難過好難過。我是反矯情達人，說這是遺傳了他們的少白頭。

有些話，當時沒有說出口，不想將外面世界的難處告知她，她解決不了，她只會睡不著覺。

我們很久沒有這麼近距離地觀察過對方了，她眉間的川字紋還是好皺，臉頰的肉確實下垂了些，怎麼就老了許多呢。我明白我媽說的難過，我們都在以對方不經意的速度衰老，只是他們快一點，身體一卸力，扶住了時間的肩膀。

養育一個孩子，最終是完成一場盛大的告別。

人類所有的想法和所有的行為，不是出於愛，便是由於怕。我們都在用自以為是的方式愛對方，也都在以互相推開的姿態，表達我們內心的害怕失去。

這些年我總以為見過更好的世界，試圖改變他們的生活，後來我放棄了，因為彼此都不快樂。失去分享欲是散場的開始，但只代表你們共同看的電影結束了，不代表你們不會一起回家。

調教父母的「調」，是往一碗熱湯裡調味，淡了加點鹽，鹹了加點水；而「教」，是不斷提醒他們，有一天你我都會老去，那時誰都可以離開他們，但我們一定都會陪在他們身邊，餵他們喝完這碗我們共同熬了一輩子的熱湯。

人是愛的容器。記得我愛你。

敏感的人看見宇宙開花

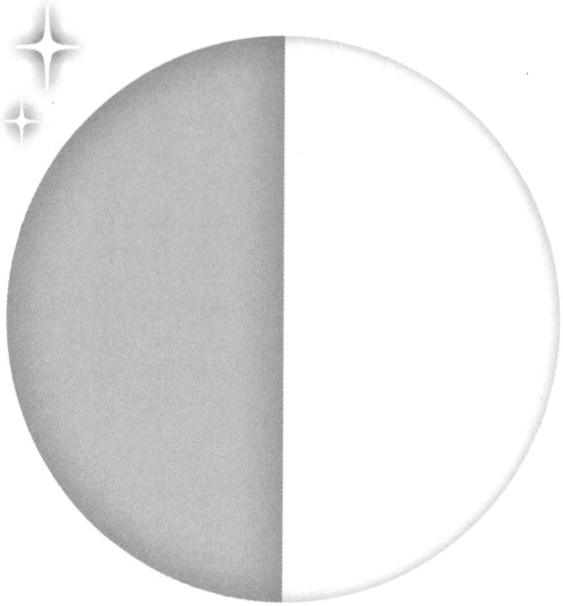

只要將我打回一個人的日常裡，

就像受過傷的小狐狸，渾身是怯。

與微姊吃飯。席間她打趣服務生，上菜的男生被逗得臉通紅，他倒也大方，接住她的一招一式，氛圍歡樂。我們相識多年，只要上館子，微姊總能與服務生聊上幾句。按她的話說：其實他們每天的工作挺無聊的，好不容易碰到一個造作的姊姊，他們開心，我吃得也開心。

我們常聚的餐廳，服務生見微姊來了，像是歡迎自家人，倒茶斟水，一定還有特別的甜品飲料相送。即使她本人不來，我與其他友人相約，服務生也會惦念一句：「微姊呢？想她了。」這種征服陌生人的人格魅力，讓我好生羨慕，尤其是聽她講那些相熟的老闆分享開店的故事，彷彿現成的文學橋段。這些都是我極其渴求的帶著煙火氣的素材。

反觀己身，在北京十年，老實巴交地攤開手，也掰弄不出一家熟稔的餐廳。當然其中有我喜歡的，可我就是個普通的食客。

這天，微姊與友人約在星級酒店的西餐廳。她到早了，點了一份主廚沙拉，吃了兩口，叫來服務生，非常嚴肅地告訴她：「請轉告廚師，這份沙拉非常好吃。」

她欣賞那種將基礎菜餚做出花樣的廚師，一份再普通不過的沙拉，有菊苣、生菜、胡桃、青蘋果片，搭配上藍紋奶酪，綻放出奇妙的層次。主廚親自出來道謝。微姊又讚美了佐食溫熱的沙拉醬汁，似乎碰上懂行的食客，主廚津津樂道這是大蒜煸過的橄欖油，再用無糖酸奶、煙燻甜椒粉、百里香調製，才有了奶油一般濃稠的質感。

兩人相談甚歡，主廚一定要送她吃的，端上來好幾道新菜，微姊直接給它們起了名字。主廚欣喜，決定日後的新菜都免費為她開放。最後朋友來了，見這一大桌的硬菜，感嘆不已，配上剛才美妙的故事，免費的佳餚更香了。

諸如此類的插曲還有很多，微姊從不吝嗇誇獎他人，在我們的文化語境裡，有時候讚美也需要勇氣。我跟著她吃遍大小餐廳，一路享受額外驚喜，也一路觀察她與這個世界交談的方式。

在北京有一家我們常去的日料店。我的性格，只要能訂到包廂，一定坐包廂，微姊則喜歡坐吧檯。我身上所有能一眼看穿的外向，都用在了與職業有關的場合：做一場演講，面對上千人也不緊張；開會的時候，嗓門一定最大；大小的社交場合，與人推杯換盞，處處是溝通的藝術。與熟人在一起，我負責活躍氣氛，但只要將我打回一個人的日常裡，就像受過傷的小狐狸，渾身是怯。

公車喜歡坐在最後一排，一人食還在離人群最遠的位置，只要別人不聯繫我，自己從不主動。能打字溝通的絕對不發語音，電話是死穴，常講不利索，預約餐廳也緊張。

害怕兩個人同處一個環境，也害怕聊天時突然陷入安靜，狼狽找話題的樣子最讓我恐懼。說話的時候，直視對方的眼睛時我會不自覺地閃躲，連與家門口的快遞小哥溝通都不自在（如果有與我類似症狀的，隔空握手，讓我知道自己不是一個人）。這與社會地位或者年紀都無關，也與自卑或者自負無關。單純就是那些偶發的尷尬，在與人交往時，見縫插針地出現。

微姊坐在吧檯上，有一搭沒一搭地與廚師聊天。日料店吧檯區域並不大，她不見外，永遠有放浪形骸的笑聲。她注意到鄰座有個落單的女生，拎包放在一旁的空座上，應該在等人。

她向服務生要來一個空杯，倒上清酒，遞給鄰座的女生，問道：「能喝酒嗎？喝一杯。」

女生很愉快，她說：「我剛進來就看見你了，你穿的是Sacai（日本服裝品牌）嗎？我很喜歡這個品牌。」

微姊打趣道：「你看，怪不得就想找你喝酒呢。」

這已經是她在這家日料店裡，與陌生人喝酒的第三個故事了。我是一個敏感的人，因為愛恨都很強烈，放大的感官情緒對創作有用，能與文字共情，但作用於生活，將我固定在同一家日料店的吧檯場景中，我連向鄰座伸出酒杯的勇氣也沒有。因為在這之前，我已經預設了一百種對方如何反應的情景。

我害怕被拒絕，索性也不主動示好，想要不失望，那就不抱有期望。與微娇分享這個心態，她說自己其實也敏感，不過相較於我，是另一種敏感。她老早就注意到那個女生將手機拿起又放下，這家日料店位子難訂，女生的飯友遲到，女生占著座，肯定多少有些尷尬。她並不是想要與每個陌生人交朋友，她只想讓大家都開心，尤其是有她在的場合。

我問她：「如果對方拒絕你了，怎麼辦？」

她回：「那就拒絕啊。」

「可是你本想向對方傳達好意的，難道不會難過嗎？」

「那這份好意並沒有消失啊，至少我開心了。現代人就是容易想太多了，過多去揣測對方想什麼。就像談戀愛，焦點應該是你的感受，對一個人心動，你想要做什麼，這個才是重點。當然，如果你就是很難堂而皇之地主動與人建立關係，那就暗戀吧，那就好好吃自己的晚餐，管隔壁坐的人是誰呢，關鍵是自己舒服，不要有壓力。」

有句話說得好：因為我對這個世界來說不重要，所以我最重要。

這幾年憑空冒出了很多關於社交的高級詞語，社牛社恐社雜社懶……看似在分門別類，給每個人找歸屬，其實更是說明社交具有不確定性。人的性格複雜且流動，我們其實是多面的，不必主動給自己貼上標籤。

那些在社交場合裡遊刃有餘的人，多數在人群裡扮演著引導者的角色，但往往可能會承擔著更糟糕的感受和結果。其實很多社牛的人，他的背後或多或少都會有一點社恐，更多時候，是強迫自己外向。就像微姊說她也社恐，恐懼沉默。如果在一個社交場合，沒有人說話，她反而難以自處，所以不停輸出，攪起話題的漩渦。當然也會累，但聚會結束後，有人回味這個夜晚，有人記得她侃侃而談的樣子，還有像我這樣的人，用鉛字記錄下她有趣的故事，也算是聊以慰藉。

社會給我們最初的試煉，就是不可避免地進入陌生場合，大到新的城市、集體活動，小到被拉進一個包廂、一張飯桌。雖然我是可以與筆桿子共度一生的人，但也免不了參與群體活動，往往活動結束後的酒會是我最害怕的環節，出於禮貌不方便走，為此攢了不少憋悶。

一次品牌活動，與藝人同坐，現場沒有我認識的藝人朋友，又忘帶手機，只得用餘光尷尬地看他們碰杯，聽著那些我無法參與的話題。強撐了半個小時，腳趾都摳麻了。

一位現場的工作人員忽然蹲在我身邊，說她看過我的書，我如果沒有認識的朋友，可以與她聊天。這暖暖含光的善意，讓我至今感激。

我身上不多的鬆弛感，都來源於很難勉強自己做不喜歡的事，但又不得不向現實低頭，畢竟這個世界沒有絕對正中全部喜好的工作，再好的工作大抵都是二八定律，八成稱賞不置，附帶兩成的百爪撓心。

這樣全是陌生人的場合，我後來經歷過很多次，踩過那個敏感的門檻，稍微遊刃有餘了，再看到與我當時年紀相仿的人，他們也會緊張不安，不怎麼說話，就仔細聽著，其實反而觀感甚好。因為過度表達與油膩也就只有一線之隔，緊張反而顯得真誠。沒有人會嘲笑真誠。

每個人都有與世界特殊的交談方式，每種性格都是好事，只要你自己認定就行。你的敏感，可以與世界共情，可以更快地認識自己，可以哭的時候盡情哭，快樂的時候沒有雜念地享受快樂，被傷害難過到塵埃裡，愛一個人時全宇宙都開花。人生就是一場體驗，敏感的人，自帶雙倍buff（效果）。

那些與人相處時微小的恐懼，更像是一種看不見的分寸感，給予我們一個非常舒適的社交距離。不需要一上來就熱絡，而是兩個人一點一點地建立起信任，兩顆心彼此走近，每靠近一步，就是一步的歡喜。

像是一曲合奏的交響樂，或是跳完一場探戈，互相試探，互相觸碰雷區，然後眼睜睜看著對方建立的高牆，因為彼此不太嫻熟的攀談而終於裂開一道縫隙。或許我能橫衝直撞去到你心裡，也或許向前走了幾步，你看見我走過來了，卻沒有要迎接我的意思，那我就會停下來。

這很像上學時換到一個新的班級，從開始的無所適從，到自我介紹的生分，再到相處幾天之後，終於越過障礙，有人能成為摯友，而有人僅僅是記憶裡的同學。

有句話怎麼說來著，兩個人一旦走進深處，人與人就是相互的迷宮。

成人的世界，有一種體面，就是保持點頭微笑，互相介紹名字，最多介紹星座，然後結束交流，各自埋頭玩手機，誰也走不進誰心裡，但誰都感覺舒適。

未來很多年，我也許還是很難向鄰座的陌生人示好。但如果有人向我遞來一杯酒，請放心，我一定不會拒絕你的好意。

還要孤獨很久

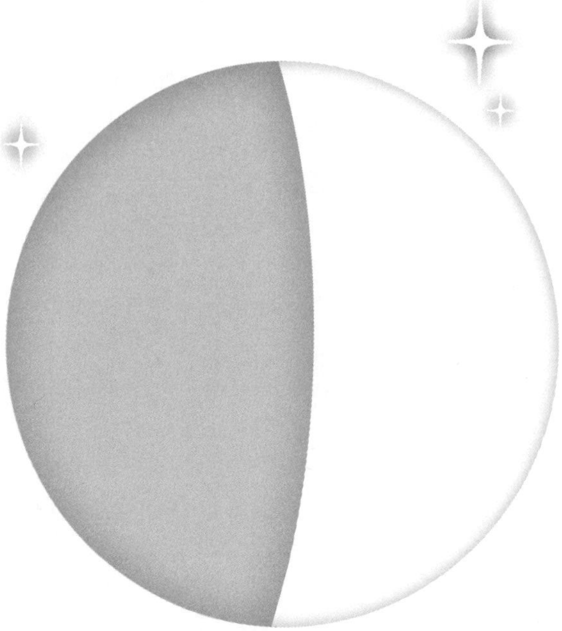

怎麼什麼話都讓這群男人說了，
姊沒工夫陪他們玩。

愛情故事越發難以取悅自己和他人。就像寫這本隨筆集，太多話題可以敘述，行至此，才想起該談論愛情了。

過去十年間的寫作題材，大體都圍繞愛情，或者說關注人們的情感連接。愛情一直在我心中留有神聖的席位，畢竟只要愛情出現，它絕不會允許人與人之間顯得蒼白。出版過的書名一字排開，甜到憂傷，這當然與時代的語境有關，心臟中心的花園生出的第一朵玫瑰，我們都需要有人欣賞和採擷，填滿世界，占據時間，趕上邂逅。但是說實話，已經寫麻木了。

我這幾年也鮮少看愛情故事，即使自己作品改編的第一部電影，仍在青春純愛的圈子裡打轉，但過程中的變數帶給我很多思考。過去因為壓抑的生活環境，對有些人來說，進入一段親密關係，是一個逃避的出口，但現在很多網生代的年輕人已經不在乎了。

從前喜聞樂見的情節，放在現在並不奏效。為了喜歡的人放棄出國讀書，高考少寫一道大題，得了絕症故意推開所愛之人，只想對方好而做出很大讓步，這種不從腦而從心的原始衝動，本是愛情不加修飾的白描，剝開情感這個洋蔥最珍貴的過程。現在，因為社會永動機的驅使，人們更關注高效的生存競賽，價值排序自有一套嚴防死守的邏輯體系，愛情早已退居後位。

那些幼稚的行徑被稱為戀愛腦，談戀愛的人都在極力避免。若是重回十八歲，去他的為愛發電，沒有任何人能阻止自己飛黃騰達、賺錢要緊的決心。

我在愛情中是被動選手，心就像是年久失修的接收塔，不會釋放訊號，只會等待過客的主動詢問。小時候談戀愛，分辨不出噪聲，對所有虛情假意等而視之，以為只要與人在一起，就可以得到自己想要的那部分，結果卻丟了自己。

看過我書的人，都以為我是戀愛高手，眾人皆醉我獨醒，總能對情感話題高談闊論。可惜不過是掉書袋子。寫故事用一些私人經歷，他人講述，加上虛構的包裝，時間久了，再翻看某些橋段，甚至分不清哪些是真實的，哪些是不著痕跡的幻想。

這些年我為了寫作，索性將自己打磨成一個漏斗，聽得多，看得多，篩選著別人愛的殘羹冷炙，在書中盛滿愛意。有個「母胎單身」的朋友，一直是我們重點關注的對象，大家都為她著急。她從小被家人當男孩養，幾乎沒穿過裙子，童年的箱子裡只有玩具車，在家人面前得不到任何恃寵而驕的機會，沒被寵愛過的人，連撒嬌的能力也沒有。

她重感情，正義感十足，會為了班上受欺負的女生，拿起板凳與男生幹架。在三十歲生日當天，她輕信詐騙電話，瞞著所有朋友，配合「警察」偵破詐騙集團，最後被騙光了家底。家裡人安排的幾次相親，一次遇上研究區塊鏈的大哥，她來了興致，兩人聊了一下午的區塊鏈和NFT（非同質化代幣）；一次遇上各方面都對路的紳士，兩人相見恨晚，她用一頓飯的時間將男方聊哭了，直接跟她出櫃，變成了姊妹。

她的經歷寫多了都顯得假。這樣的奇女子，我們斷定是原生家庭的影響，成了困住她的業障。誰承想，她竟突然談了場戀愛。對象是她的健身教練。

她其實很會戀愛，教練比她小十歲，女追男。教練弟弟說他在上課，她專程守在他必經的員工通道，給他分享一首周杰倫的〈等你下課〉。打聽到弟弟喜歡林俊傑，不知上哪裡弄了一套簽名專輯送給他。她有潮男恐懼症，但只要教練弟弟穿著新買的花稍衣服，對潮流收藏津津樂道，她就托腮看著他。

她說，男人就是要多托腮看，他才會進步，老是罵他傻子，他真的會變成傻子。

那時弟弟還有個「剪不斷」的前女友，那前女友聽聞他們同居了，大清早來家裡鬧事。我朋友不動聲色地出現在客廳，看了眼門外的他們，給女生倒了杯水，說：「進來吵吧，鄰居們還睡著呢。」

弟弟徹底被馴服，成了忠犬系男友。

故事的開始稀鬆平常，她走進那個商場，原本只為了吃一頓晚餐，走上四樓，有個弟弟攔住她，向她兜售健身房的減肥課程。後來的故事，她仍然圓滾滾，弟弟也光榮地變胖了。

愛情的一萬種日常想像中，排除那些精緻的修辭，就是一個人吃飯，變成兩個人吃飯。

姊弟戀上演至第三幕，碰上共同的靈魂黑夜。女方足夠獨立，男方倍感壓力，女方有生孩子的打算，男方幼小心靈負不起責任，這段感情不了了之。

這些年，我這個女生朋友經常在朋友圈分享日常，我們高度贊同她這種一個人活成一支隊伍的豐富生活，但也勸過她，應該釋放一些「請來打擾」的訊號。她當下沒回應，其後越發囂張，一日發個十條八條，即使是待在家裡那段時間，也瘋狂曬自己寫的書法、養的綠植、盤的手串。隔離都隔成老藝術家了。

有一天她說，其實她早就想通了，都說男性會對社會地位超過他們的女性感到恐懼，這會讓他們的自尊心受到傷害，所以這些男性更傾向於找比自己弱的女性，來獲取某種精神上的成就感。好像不及他們的女性能正眼瞧他們似的。怎麼什麼話都讓這群男人說了，姊沒工夫陪他們玩。

她也不想要孩子了，不想為了除了自己的任何一個人費勁了。

那一刻我明白，其實很多戀愛問題不存在解題思路，唯一的正解就是自己想不想。愛人的能力是長在我們身上隱形的翼，天生就有。或許不存在不會愛，只是還未出現那個你願意愛的人。當那個人來得猝不及防時，溫柔的風穿堂而過，春來一季，心生歡喜，過往困住你的所有問題都不再是問題。

愛的濾鏡會讓人陷入一種短暫的痴迷與振盪，我們都曾獨自對抗世界的艱難，無比盼望有個人能夠帶自己從社會的排名賽中全身而退，陪你去看一朵花開，和月亮徹夜長談。

沒有愛，但也必須承認愛挺好的。儘管人類以愛之名使其千瘡百孔，但愛本身並無罪。

很大程度上，我不相信進化論。我無法將人類與靈長類動物相提並論。多少個飢餓難耐的深夜，我躺在床上斗膽向達爾文詰問：為什麼晚上會餓，早上醒來就不餓了？既然人類沐浴在進化的長河中，基因優勝劣汰，不需要的尾巴能退化成尾椎；為了散熱全身褪去的毛髮，精準留存在幾個奇怪的部位；連象徵思考的松果體，都封印在我們的印堂之下。如此聰明的身體，明知道晚上吃多了會胖，早上吃多了可以消耗，那為何不把這樣令人費解的腸道機制進化掉，早晚互換個速率就好了，享受夜宵，睡覺自動消耗，長胖與我無關（不要試圖向文科生解釋生物知識，我就是單純抗議）。

就像愛情的時差，設計分明不合理。年輕人面對愛情和事業總是兩難，在事業面前，愛情往往退居後位，可矛盾之處，戀愛在年輕的土壤上更旺盛。如果上帝造人之初，參考一下《班傑明的奇幻旅程》，先以老年和中年之軀創造財富，再以年輕的身體去愛人，那時我們擁有一生的智慧，能夠妥帖地安放愛情，結束在最好的青春。

想遠了。

人生到處知何似，應似飛鴻踏雪泥，先一個人對抗日常吧。無節制地打嗝放屁，因為一部劇流十公升的眼淚，化一次悅己的妝，開一瓶不會散場的酒，在電梯間與鄰居尷尬地沉默，關心蔬菜價格，對藏在巷子裡的蒼蠅館子一見如故。感受狂風雨雪，用城市的戾氣寫詩，日落而作，日出而眠。

最懂得愛的人是那種以自我為中心的人。

社會學家說，人類慢慢擺脫物質貧乏以後，就會愈來愈追求純粹關係。或許吧。Siri（蘋果手機語音助手）還是要叫幾次才能喚醒，它根本無法聽清楚人類的指令，距離人工智能毀滅人類的路途仍很遙遠。電影院的愛情片裡，男主角又死了。人長大了，喝酒都會吐了，有點喪。仍然沒暴富，那個人也還沒出現，大概我們很多人還要孤獨很久。

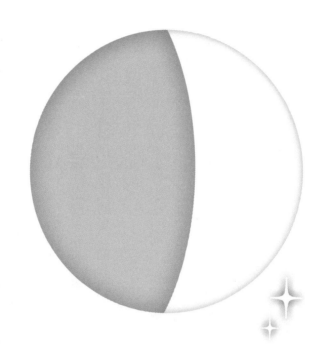

念念不相忘

既然念念不忘，
不如勇敢一場。

這兩年寫東西不像從前那麼順暢了。思維容易跳躍，經常上一個段落還沒寫完，下一個情節就滾進腦子，不得已回車另起一行，滿篇像是破碎的玻璃渣，結束再縫合黏好。寫隨筆也是，尤其將回憶抽絲剝繭，手上打字的速度跟不上復現的記憶，生怕錯過了什麼細枝末節。

寫作變成蓋房子，先搭好骨架，再砌磚。我也摸不透何來這樣的變化，或許心不定，人浮躁了，也或許這兩年頻繁與劇本打交道，梗概、大綱、詳綱，一稿二稿……每一步看似都是創作，跨界的傷筋動骨可能還是要付出代價。

想想是有些後怕的。

這兩年陸續有舊書版權到期，需要再版發行，修訂的時候回看當時的行文，不論是稚嫩的觀點還是誇張的情節設置，多少有點臉紅。或許這也是身為寫作者的福氣，時代不會記錄你，但你的作品會。何況那時的簡單和真摯現在再也寫不出來了，寫不出來不難過，發現身上這些特質也失去了才難過。

回看當時的書，從前寫作速度之快，一天可以寫近萬字，就像創作《我與世界只差一個你》那本書，過程靈感不斷。那是第一次寫虛構小說集，很幸運，它讓很多人認識了我。

那本小說中，〈念念相忘〉是我和讀者都很喜歡的故事。構思之初，難得的是先想好了篇名，才有的故事。像被神靈執手，一氣呵成，好像我認識故事中的人物許久。雖然稱不上雲霞滿紙，字字珠璣，但私心覺得情感繾綣馥郁，人物有魅力，算是讓我自信上分的作品。

即使這麼多年過去，無關乎寫作水準進步與否，看過多少愛情，自我感覺羽毛豐滿，但再看到這個故事，仍然會被打動。

女主角叫許念念，男主角叫楊燚，人稱「四火」。許念念是瀑布，飛流直下三千尺，三寸毒舌，生人勿進，是個不好惹的女生。楊燚是火柴，點燃後氣勢洶洶，輕輕一吹就熄滅了，同學們眼中的混世魔王，其實是個中二的紙老虎。兩人冤家路窄，棋逢對手，對峙的荒唐，讓青春一刻不得閒，相愛後又之死靡它。

我們十幾歲喜歡一個人，往往自己都不清楚原因。或許是一次偶然的四目相對；或許是看到了球場上他仰頭喝水時滾動的喉結，看見她站在教室窗前逆光的髮絲；或許是在樓梯轉角的一次意外相撞，是走廊揚起的粉筆灰製造了一場浪漫。總之就是突然有一天，像擁有了超能力，能在人群中一眼瞥見喜歡的人，那一瞬間，好像就與之過完了一生。想要永遠賴著，想念著，心裡晴日當空，身如緩緩穿堂風。

這個故事問世沒過多久，就簽出了影視改編權。從文字到電影的過程，好似一場心事重重的旅行。經歷了岩井俊二的監製，主創團隊從上到下的換血，無數次於公開場合宣布的開機消息，好幾次以為要走到終點了，最後仍處於漫漫長夜之中，輾轉反側，充滿變數。以至這些年懂得的最大的道理，就是卸掉期待。

或許是這兩個人物在冥冥中操控著緣分，提醒我要等，等一場方興未艾，一切是最好的安排。終於遇上現在的主創團隊，從劇本創作到溝通，再到確定演員和拍攝，整個過程都非常順利。

第一次見到飾演許念念的演員，是在電影公司的會議室。本人更顯小，膚若凝脂，捨不得定眼看她太久，怕眼光會從她皮膚上穿過去。她話不多，更多是聽我和導演講人物，撲閃著像鹿一般的眼睛默默觀察，黑色的瞳仁稍一專注，故事感就止不住在眼睛裡彌散開來。

她是個能裝下心事的女孩，如同我想像中的許念念，帶著一抹超脫於年紀之外的隱忍，才能做到故事中的如若永不相見，便永遠相思。

會面結束，「念念」想去樓下的書店逛逛，導演和製片人帶路，我也跟上去，她回頭問：「你為什麼要去？這是女孩們的聚會。」我一時愣住，竟然接不住她的包袱，她燦然一笑：「逗你的啦。」

我心愛的毒舌念念瞬間有了模樣。

與「四火」見面之前，沒想過他身上的中二屬性這麼強悍，他是那種我們參加發布會時，會忽然可憐兮兮地問工作人員，共享單車忘了鎖該怎麼辦的人。

我們拍角色定妝照，劇情需要他穿裙子，服裝老師給他搭了各種風格的裙裝，一米八五的大高個兒，腿毛搶鏡，他全然不在意，拍得不亦樂乎，我在一旁扶額狂笑。結果晚飯的時候，他說演繹四火最大的擔憂是覺得自己不夠外向。

他對自己的誤解太深了。當晚我給他寫了一封信，信裡講了人物小傳，讓他認識自己，同時也更了解四火。信的末尾，我寫道：人生長長短短，結局其實都一樣，你停留在最好的青春，可以讓別人只記得你橫衝直撞，傻裡傻氣的樣子。羨慕你不用長大，必須要面對現實的柴米油鹽，也羨慕你可以擁有一段經過很短，懷念很長的愛情。

原著故事中，四火的離世，成了很多人心裡的傷。曾經想過將他們的故事擴寫成長篇小說，反覆思忖，還是讓他們停在這裡便好。沒想到後來的作品《最初之前》中，因為有時空穿越的科幻設定，竟有機會為平行世界的他們再次安排一場邂逅，與主角夢幻聯動。倒也了卻自己和讀者多年的心願。

說心裡話，其實我是be（不完美結局）美學愛好者，尤其是悲慟動人的愛情故事。它像是一場來不及赴的約，狠狠拽在手中卻逃走的氣球，一天沒澆水便枯萎的花，交會的同時又擦肩而過的列車，愛的細枝末節如此茂盛，卻敵不過命運煎熬，陣痛於生離死別，綿綿無絕期。

永遠都記得看完《鐵達尼號》、《愛樂之城》、《男與女》等作品後，那種綿長的後座力。只需要闔眼，電影中的角色、片段、配色，昏黃的場景，更迭的四季，都成為一曲悲歌的前奏，縈繞在心頭，念念不忘。

幾年前做同名的話劇，四火的結局仍然抱憾收場，演員在臺上哭，我在臺下哭。話劇這個媒介很奇妙，排練和演出短短一個多月，形成強設定的封閉場景，情感高濃度來往。每天演出結束，我們就圍爐喝酒，一群人喝得五迷三道，大半夜在上海的街頭狂奔亂叫。不建議模仿，原諒這青春已逝的幾個人，著實又感受了一次青春。

上海站的最後一場演出在跨年夜，那晚我因為其他行程提前離開了，半夜睡不著，給他們打視訊電話，他們當然喝多了，念念含著淚朝我喊：「我不想四火死。」這些年，我收到過太多這樣的「責怪」，怪我太殘忍，為什麼要將楊燚寫死。我解釋不了，或許經歷過極致的痛，才有極致的想念吧。

製作電影版的過程中，經歷過很多次自我質問，如果四火活著，會怎樣？小說的基調是悲傷，距今已經出版多年。這些年，世界的生滅變化讓情感不安定，成住壞空，我們所有人都經歷了熨平褶子又填進粗砂的過程。誰都指望被時間寬宥，重新看見愛裡的光。

如果電影版換一種底色，我們不聊遺憾，聊勇敢，聊可能，許念念和楊四火以他們真摯的愛，共同打撈下沉世界的我們，也不失為這麼多念念不忘裡，收到一抹來自同溫層的迴響。

這篇隨筆出版時，不知電影是否上映，不多言，在影片裡尋找答案吧。

拍《念念相忘》是我第一次完整跟組，每日早出晚歸，像極了上學。那些所謂社恐、內向、獨立能力差的矯情，丟進劇組環境都被悉數治癒。所有人各司其職，沒時間敏感，焦慮只允許獨自消化，只要見面就是馬不停蹄解決問題。劇組就像一臺精密的儀器，每個人都是一枚齒輪，導演喊出「action（開始）」的前前後後，齒輪嚴絲合縫運轉，誰停了都不行，誰都重要。

我是個靠咖啡續命的人，茶水間的小姊姊在咖啡店工作過，我每天上工都能擁有她做的冰美式，杯子上還貼著笑臉的貼紙。她多才多藝，在板子上畫畫，再配上兩行手寫情話，每日都不重樣。

我們的劇組帳篷裡，製片人們辛苦地蜷在一角趕著工作，導演在監視器前確認回放，她眼神溫潤，見每一個演員都是愛。攝影指導嘟囔著嘴埋怨我，說旁邊的零食箱都快被我吃完了，也不見我長胖。親愛的念念在白板上給我們畫卡通人像，所有人都好看，唯獨將四火畫成了土財主。四火與她鬥嘴抗議，說白瞎了他這驚天動地的帥氣。還有配角路望和向語安，正偷摸在念念身後舉著寫有「生日快樂」的小紙片，這是花絮宣傳團隊給念念生日安排的驚喜。

回憶是最好的膠片，我看著他們，用盡全力定格回憶，待到日後若有消沉時刻，便攤開這歲月靜好，將其一眼辨認。

想起那一個多月的相處，情緒豐盛，花絮非常多。有一場醫院的戲，四火要將念念推到病床上。開拍前走戲，我們研究四火要怎麼推。作為觀眾，我們當然抱著吃瓜心態，希望這是一個曖昧的打點，結果傻四火像是丟包袱一樣，做了個空氣假動作，隨手一拋，賤嗖嗖一聲「我去！」，大家當即爆笑，他絕對是戀愛新手。

四火身上還留有難得的單純，會蹲在地上一動不動觀察蝸牛，聽到隨身聽裡竄錯的訊號，嚇到失聲尖叫。智障兒童歡樂多，貢獻了太多笑點。

與那邊的傻乎勁兒相比，念念的幾場情緒戲讓我印象深刻。念念與四火重逢，聽著耳機裡四火給她放的歌，劇本層面就寫到這裡。其實她只要表演聽著歌就可以了，但她偷偷看了眼四火，趕緊轉回頭，眼淚不自覺湧出來，微顫著下巴，努力克制情緒，不想讓男生看見。導演沒喊停，她完全沉浸，與角色共情。終於再見到喜歡的人，怎麼忍得住眼淚？

念念有好幾場厲害的哭戲，每一條表演都動人，身體有無限能量，彷若是情緒的容器，眼淚是最小的海。只可惜因為時長，成片或許無法全部保留。有幸在監視器前看見這些演員的魅力，個中感受，就獨自收藏吧。那是與文字世界全然不同的體驗，寫下的字是魂，而表演是靈。

當初寫這個故事的時候，四火的那封告白信耗費了些時間，它太重要，逐字逐句都是真情實感。我執迷書信這件事，它有種返古的浪漫，在對方拆與不拆之間，形成關乎未來的薛丁格的貓，太有命定感了。所以幾乎在我後來的許多作品中，只要涉及愛情，多少有會因為信、錄音、筆記這樣的介質，拉扯出一個或圓滿或遺憾的結局。

如果許念念一早發現賀卡裡藏的這封告白信，或許一切都會不一樣。可正是因為頃刻間的後知後覺，才能與過去形成對照，提醒自己，原來我們曾那麼簡單、善良、真摯。即便墜入谷底，也不必失落，至少我們被人深切地愛過，曾經是，以後也會是。

「我們首先應該善良，其次要誠實，再是以後永不相忘。」

故事落筆，像是水晶球裡的雪花紛紛降落後突然靜默的那幾秒，溫柔地結束靈感賜予的一切，這個故事就不再屬於我了。

愛是現實世界的禮物，沒有人會拒絕。你以為生活足夠富足，誤以為自己不需要愛情，但拆開禮物後還是會被擊中。在與理性永恆的衝突中，愛情從來沒有失手過。

「相愛」是個美好的詞，它有一層互動的韻味，需要兩個人完成。你一個人獨行，總會關注自己的不堪，但愛你的人出現，就會看見你自己未曾發覺的所有陽光的瞬間。你們也會共同面對脆弱，當愛人在你面前掉下眼淚時，你會如何回應呢？你一定會忍不住抱住對方說：「即使全世界都離開你，我也永遠不會。」

相愛的人，就是抵擋不住想要永遠的念頭。儘管你們都能預料，所謂的永遠，可能抵不過一次爭吵，一場變心，一次別離，但仍願意往時間的洪流中扔下銅板，下注此刻的喜悅。

我們都太需要愛了。

古希臘哲學家赫拉克利特說：「人不會兩次踏進同一條河流，因為流向你的水永遠是不同的水，而第二次踏進河流的你也不是過去的你。」哲學是不是限制了我們的自由？管他第幾次呢，反正我們一定會邁入河流。

電影裡，我們有一個很重要的橋段，男女主角穿著宇航服在宇宙中浪漫航行。兩個人如小小塵埃，卻因為有愛，在宇宙浩渺的背景中，成為最亮的天體。

相愛吧，終有一散的人們，世上沒有無緣無故的相逢，既然念念不忘，不如勇敢一場。

虛構愛情故事

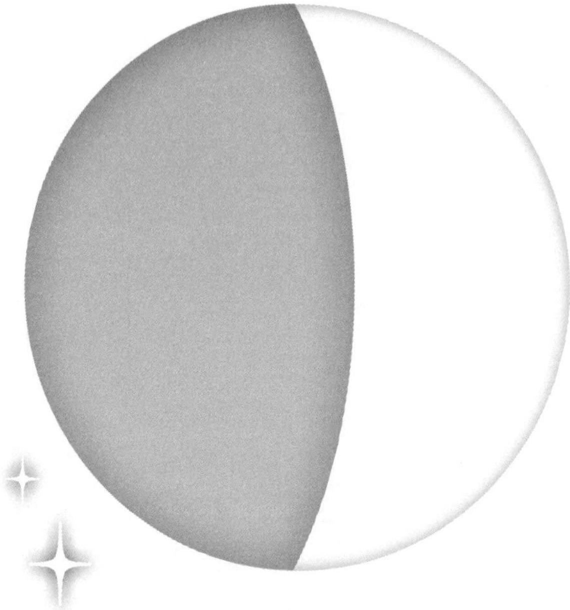

虛構也罷，真實也好，回溯過往，

一一告別，一一珍重。

介紹一下梁先生與趙女士。他們相識於大學新生報到的第一天，排隊領軍訓服，梁先生站在離趙女士不遠的地方，一眼就瞧見了她。有點異域的長相，比其他女孩子高出不少，舉手投足間像有魔力，能將她四周的空氣蒙上水果味的清甜感。

梁先生取完衣服，回身見趙女士竟然站在自己身側，應該是在等人。他們幾乎平視，梁先生一時緊張，脫口而出：「你怎麼這麼高啊。」趙女士瞪著眼，上下打量他：

「你誰啊？怎麼不說是你矮啊。」

意外的開場，成了梁先生每每想起便生理不適的噩夢。人生幾多尷尬時刻，唯有那處畫面，值得他輪迴幾生，也要將其覆蓋攪碎，徹底銷毀。

梁先生的宿舍樓是校園主路的第一棟，同學們日常都會經過。他偶爾能遇見趙女士，但初見的誤會讓他不敢抬頭，只能假裝與室友說話，用餘光偷偷確認。好幾次他們錯身而過，趙女士並沒有任何反應，想必她早已忘記那段尷尬的插曲。也是，漂亮美人缺失的大腦，或許只是海馬體裡無須存放的垃圾。

梁先生不太合群，整日只與幾個室友混跡在一起。同學們用QQ，他用MSN（聊天軟體），最火熱的人人網，他也少玩，反而更多用校友網。喜歡的電影重複看，音樂播放的列表還是中學時聽的那些專輯。方大同的〈三人遊〉一天內循環播放了三十多遍，正在泡速食麵的室友齜牙咧嘴地轉著火腿腸的鋁扣，耳朵生了繭，終於崩潰。

一日，梁先生在校友訪客列表裡，看到了一個熟悉的頭像。他當然知道頭像的自拍照是趙女士，心臟不住亂蹦，忐忑地回看了趙女士的主頁，大膽給對方發了站內信。

趙女士回覆了。她也不喜歡從眾，校友網熟悉的人少，地方清淨，更有寫日記的感覺。她有人群恐懼症，最怕站在城市步行街的中央，面對海水般湧來的人群，深感窒息。還有一樣事物喜歡的人愈多就愈討厭的逆反症，人人趨之若鶩的東西，她寧可延遲滿足或者不要，也不想趕當時的熱度。

梁先生與趙女士透過一來一回的站內信，相見恨晚，一拍即合。

梁先生約趙女士去市區吃火鍋。這算是他們第一次單獨相處。提起開學時的冒失，梁先生夾給她涮好的毛肚，當作遲來的道歉。趙女士回送他一塊酥肉，說：「彼此彼此，當時我也嘲笑你矮來著。」兩人保持客氣，買單的時候，趙女士非要ＡＡ（平攤費用），梁先生解釋這是他約的飯，趙女士燦然一笑：你約我出來是你的事，我付錢是我的事，很公平，誰也不欠誰。

兩人推拉間，以梁先生沒拿穩手機，掉在地上碎了螢幕告終。

從手機維修店出來，過了用餐時間，路上行人漸漸多了，他們理解彼此的不適，趙女士指著對街一家KTV的霓虹招牌，問他：「喜歡唱歌嗎？」

他們訂了個小包廂，不間斷唱足了四個小時的歌，保持一人一首的頻率，碰上那些膾炙人口的，還深情對唱。趙女士歌唱得動聽，就是架勢太放肆，起初還老老實實坐著，後來索性脫了鞋踩在沙發上，唱高了直接站上靠背。梁先生膽戰心驚，在一旁作勢保護，視線停在她身上，不敢移開半寸，燦爛的燈光漫射在他深色的瞳仁裡，不小心透露出心底撥弄的那個愛意盈盈的魔方。

在梁先生從前的認知裡，KTV都是用來買醉的，再不濟，也是吃果盤來補充維生素C的，從沒想過是認真唱歌的。

臨睡時，梁先生給趙女士發了晚安，嗓子啞了，「晚安」二字說得跌宕起伏，趙女士笑著回覆：「安。」能互相道晚安，基本上就預示著陌生關係的鬆動，這兩個字比「想念」和「愛」更接近於山盟海誓。

在聊天記錄裡，搜索「晚安」二字，出來條數最多的人，就是你最在意的人。

第二天一早，趙女士也啞了，不過她更嚴重，還伴隨喉嚨痛和咳嗽，應是染上了流感。梁先生抱著澎大海、花茶和感冒藥，守在女生宿舍門口，傻等著趙女士和室友出來。趙女士見著他，驚嚇與驚喜之餘，向室友們介紹梁先生，只見他呆楞地伸出手，沒別的話，只會說「你好」，弄得女孩子們也侷促地紛紛與之握手，儼然成了主管會面。

趙女士的室友們都說梁先生像塊木頭，喜歡拿他開玩笑。用梁先生自己的話說，木頭也分品種的。趙女士笑言：「沒事，我五行屬火，就缺木。」梁先生說：「哦，你還挺迷信。」

朽木不可雕。總是在關鍵時刻，以一種雙商直降的方式證明自己的真誠，梁先生木得完全不值得同情。有時候愛人錯過，不能怪老天爺，只能怪自己愚笨，都給你作弊了，可你還是不及格。

趙女士在大一進了學校的流行音樂社團，梁先生有一手繪畫的功夫，去了校學生會宣傳部。前者經常在各大超市門口跑場唱歌賺外快，後者就是為他們這些社團活動畫海報的無償苦力。

趙女士報名了校園歌手大賽，其間有些焦慮，常拉著梁先生去ＫＴＶ練唱。梁先生不懂樂理，在他看來，趙女士唱得已經足夠好了。趙女士總覺得還不夠，問他：「你知道我是怎麼進音樂社團的嗎？」

「你唱得好唄。」

「我去面試之前，就知道我一定能進。我知道我好看，這就是我的通行證，沒什麼好謙虛的。但如果作為馬戲團裡那個穿得最花稍的小丑，因為吸引了太多目光到身上，就必須得更加努力，努力逗笑為你而來的觀眾，但又不能讓別人覺得你太努力，因為他們不相信。哎呀，說了你也不懂。」

梁先生的確不懂，他只懂如何單曲循環一首歌，如何重複吃膩一家餐廳，如何一直喜歡一個人。

校園歌手大賽前，梁先生熬了個通宵畫海報，比賽當天，趙女士上臺，他帶著兩人的室友們舉起巨幅海報，為趙女士應援。趙女士感動得熱淚盈眶，唱至高音處，破了音，最後止步十強。

準備好的慶功宴照舊，趙女士瘋狂灌酒，怎麼都不醉。她做過那種吐口水的基因檢測，家族就是有代謝酒精的本事，只能靠裝瘋賣傻買醉。更殘忍的是，趙女士驚覺自己一絲難過都沒有，眼睛猛眨也擠不出半點眼淚。梁先生以為她要哭，搶過麥克風故意破音瞎吼，逗得趙女士腹肌都笑痛了。

她好像知道為什麼不難過了。

大學附近有一處政府廢棄的遊樂園，地上滿是荒葉，旋轉木馬早已老化，海盜船棄惡從良停擺了，還有被推翻的碰碰車，孤單地躺在草堆上，變成路人的拍攝道具。遊樂園深處有一節老火車車廂，車窗已經破碎，裡面還維持著八〇年代的布置，許多情侶和小孩會來這裡探險。

梁先生和趙女士坐在車廂裡，手機公放著金海心的〈陽光下的星星〉。趙女士輕聲跟唱，托腮看著窗外破敗的美景，梁先生乖乖在旁邊坐著，不發一言。這樣的安靜時刻，在他們大學這幾年光景裡，發生過很多次。每次梁先生都在想，想帶她去吃這個城市裡最好吃的餐廳，想一直為她畫海報，想聽她唱歌，想就這樣矮矮地與她平視，想他們即使沒有在一起，自己也可以用朋友的身分陪她到老。她這樣優秀的女孩，除了自我照顧，也應該有個最好的男孩來守護她。

「你有沒有喜歡的人？」梁先生突然問。

「有啊。」趙女士看著窗外，回答道。

「我認識嗎？」

「嗯。」

梁先生把他室友的名字說了一遍，除了他自己。

「木頭，我們是朋友吧？」趙女士打斷他。

梁先生沉吟半晌，說：「我五行屬傻狗，不缺朋友，我缺你。」

遺棄的旋轉木馬，通電是不可能了，但是靠人力，還是可以轉的。趙女士坐在一匹掉漆的白馬上，梁先生耗盡氣力推動鐵桿大步向前邁，木馬轉得最快的時候，梁先生跳了上去，吻上了趙女士的唇。

大四那年，趙女士要去英國讀研究所。雅思考試之前，向來不迷信的梁先生翻山越嶺去五臺山求了張平安符，聽朋友說許願很靈，讓她放在身上。趙女士問他：「許了什麼願？」他很務實：「保佑我女朋友雅思七分以上。」趙女士問：「只有這個？」梁先生點點頭：「不能太貪。」趙女士說：「你真想把我送出去啊？不怕我不回來啊。」

快樂的時光總是包裹著一層永別，趙女士果然沒有回來。

大學之所以是成人社會給你的限定禮物，是因為四年的模擬人生結束之後，我們扮演的角色也結束了。這才看清人與人之間的分野，有人靠一點天賦就能走向人生勝利組，有人咬著的金湯匙在此刻正式發揮作用，也有人還要拚命努力，才能勉強不傷心。

而愛情作為佐料，面對成人社會的修羅場，只能熬成一鍋徒勞。

梁先生都不太記得他們有沒有一場正式的分手，單純是距離將兩人拉扯出平行世界，而時間又製造了不同維度，橫豎組成巨大的扳手，將一顆原本夢幻的螺絲，悄悄從身上擰開，自然地新陳代謝，落入無疾而終。

這些年，梁先生曾走入過一段婚姻，後來還是從圍城裡出來了，過去的林林總總讓他變得越發沉著，瘦削的稜角是知世故而不世故的宣言。

其實每一次心碎，都是心在重塑，離開的人是一個雕塑大師，在我們心上鑿，渣滓掉落的時候，很疼。但不必害怕，因為人心是實心的，只有愛過的人才知道。

趙女士畢業後在英國做藝術品運營，最近剛回國發展，國內藝術土壤萌芽，機會眾多。她空窗有幾年了，不是眼界高，而是再也遇不到一個可以讓她面對難過，並不難過的人。愛情是上天給予凡人的恩寵，即便只是短暫地與梁先生在一起，也因為被一個人真誠地愛過，滋養了接下來的一生。

某個平日，梁先生與趙女士在街頭重逢了。多年未見，兩人並無太多生分，只是與大多久別重逢的套路一樣，需要互相交代這些年缺失彼此的人生。兩人走了好久好久的路，終於到了趙女士的住處。

分別之前，梁先生說了聲晚安，趙女士點頭回應，轉身，梁先生又叫住她，問：「要不要再走走？」趙女士：「還走啊？」梁先生笑：「到了這個年紀，路是走不完的。」

夜已深，他們走在老街上，道路旁高大的法國梧桐撩撥月光，樹枝互相撫摸，樹影溫柔地包裹起他們的影子，慢慢將其融於夜色裡。到了這個年紀，應該只需要有個人並肩。

祝他們幸福。

故事寫完了。

這一男一女，此刻就坐在我旁邊。我原本只是挑了個明媚的天氣，在這家咖啡店寫作。奈何這對男女有一搭沒一搭地聊天，讓我有了興致，寫作者是下意識的小偷，很難不再多聽一句。

他們應該是多年重逢的舊情人，男人現在離異，有一個女兒。女人有了幸福的家庭，計劃今年要生孩子。寒暄往事，沒人提及不愉快。末了，男人準備接女兒放學，臨別時，他起身與女人握了握手，動作紳士又古板，他說：「很高興見到你啊，那時候能喜歡你，我倍感榮幸。」女人大笑，優雅地擺擺手，隨後獨自在座位坐了一會兒，待杯中的咖啡冷掉，她也離開了。

男人的那句話縈繞在我耳邊許久，想起自己的許多往事。

我放下寫了一半的文字，另起一篇，決定為他們寫下這個故事。虛構也罷，真實也好，回溯過往，一一告別，一一珍重。

愛呀

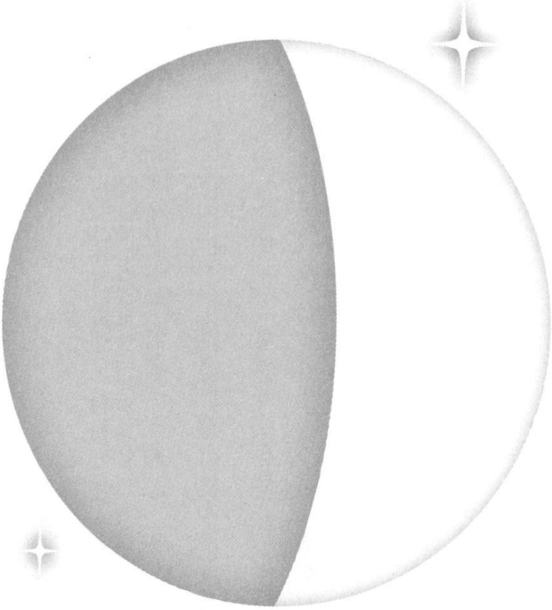

現代人對待愛情的直球態度，

累了，不演了，愛誰誰了。

近日在做我的電影後期，因為題材是青春愛情，為了更靠近年輕人，於是做了很多時下愛情觀的功課。

現階段的愛情角力中，大家的愛恨都越發打直球。不過，我還是不太喜歡那種窮追猛堵的示好，害怕不留餘地的直接。看到好幾個透過遞字條這種溫柔的方式告白的，這樣對方做出的選擇不受外界壓迫，少了很多冒犯，反而讓人很有好感。

看過的字條故事裡，有幾個印象深刻。女生乘飛機途中，空姐向她遞來一個清潔袋，上面字跡工整地寫著一大段話，是坐在前排的男生寫來的。在飛機起飛前，他看到這個女生正巧拍下了她這側窗外的夕陽，男生想冒昧求得女生的聯繫方式，希望她能將晚霞的照片發給他。如果不方便也沒關係，順祝生活愉快。

我們不傻，不必深究醉翁之意，晚霞不重要，看晚霞的人重要，難得的是驚鴻一瞥的溫柔。我非常期待接下來發生的故事。

還有一個男生，在圖書館收到告白字條後，大方表示自己已經有喜歡的人了，儘管還沒有追到對方，但還是想再努力一下，希望給他字條的女生，可以找到一個發光的人，因為她這麼勇敢，星星也會遇到另一顆星星。

另一個女生，在食堂收到字條，添加了男生的微信後，直接拒絕了他。與他無關，原因是自己不喜歡每天回覆訊息，也不想為對方考慮，更喜歡單身自由的狀態。

還有一段聊天截圖，是一個困在暗戀中很久的女生，終於鼓起勇氣告白，男生說其實他早就感受到了，問她：「那我們還是朋友嗎？」女生很坦蕩，說：「做朋友就不必了，我不缺朋友。」男生表示理解，各自祝好。

有人要開始接受難過，但這份難過，一定比未說出口的遺憾消化得快一點。

雖然你的花園不為我開放，但我經過時，聞過了花香。

所有的真誠彙聚在一起，我捧著手機，看著這些隻言片語，情緒幾度起伏。儘管不認識這些男女，但也覺得他們好可愛。真誠是可以被看到和感受到的，畢竟愛這個東西已經很煩了，就不要再互相浪費時間。

當我們開始愛情那一刻，其實每個人都選了一門共同的專業課。開始時赤手空拳，總想從對方身上獲取自己缺失的部分，愛起來不給對方空間，恨起來不給對方機會。後來學會了理論知識，理智先行，我們盡量不讓自己受傷，可是所有以不讓自己受傷的姿態面對愛情的人，幾乎最後都會失望。

到了下一個階段，是「不會愛」階段。就像科班出身的藝術家，學到的規矩成了表達的枷鎖，比不上那些野路子的人來得自由。好不容易上前一步，多了，立刻縮回身子，謹慎地盯著愛人的動靜，如果對方沒有釋放訊號，我也就按兵不動。雙方都不想輸。

卡繆在《異鄉人》裡寫：「不被愛只是不走運，而不會愛是種不幸。」智者不入愛河，究竟是不想，還是不會？

終於，經歷過幾個錯的人，我們在愛情這門課上畢業了，才發現有時候親密關係更需要一個沒有知識的荒原，將自己丟到野外去體驗，往往比做好悉數準備要有意思得多。

所以我很能理解現代人對待愛情的直球態度，累了，不演了，愛誰誰了。繞了一圈看似什麼都沒學會，但愛的經歷早已形成抗體，不再想那麼多的前提，是因為足夠不在乎。

我曾大言不慚地說，人啊，盡可能早戀，不保留地多愛，多受傷。就當參與一場遊戲，喜歡是連連看，追求速度，而愛是玩魔方，考驗耐心。當見識過牛鬼蛇神後，也就能篩選出真正讓自己壯大且成熟的愛。愛的本質就是一種生命力量的疊加，但凡是消耗，其實都不是愛。

最好的愛情，是你擁有十八般武藝，但你願意收起招式，只朝對方心上打出軟綿綿的一記空拳。這時的出手，灑脫又自信，只為了開心。

我工作室那個將自己的客廳開放給沙發客的女孩，近日收到一束捧花，是剛剛離開的旅客送來的。那個旅客與她年紀相仿，來北京是為了找異地戀兩年的男友。

與男友共度了三天，第三個晚上，他們分手了。是她主動提的。

分手後，女生找到我工作室的女孩，住進她家的沙發上，只帶了一件小小的行李，幾件換洗衣服，旅行裝的化妝品，再無其他。她講述自己的故事時輕描淡寫，甚至說這趟旅行的目的，就是來分手的。她老早就決定要當沙發客，只給自己三天時間，與舊愛告別。

問她分手原因。她說：「原因就藏在他每一次的敷衍裡，藏在我排在他價值序列的尾巴上。不要什麼都賴給距離，那些爛藉口太假，我所感受到的忽視和不在意，才是真的。」

她不遠萬里來分手，只是想看看男孩口中更好的生活。北京太大了，他蝸居在一處小小的公寓，擠在悶臭的地鐵車廂，填滿辦公大樓的一處格子間，背愈來愈駝，脖子前傾，淹在人群裡，沒人聽得見他說什麼，彷彿就是咿咿呀呀的亞洲小黃人。

而她在桂林老家，過得比他好多了。一樣的公園，一樣的商業中心，沒有那麼糟糕的天氣和心情。他能享受到的，小城也不差，選擇雖然少了些，可焦慮也少了很多。

男生容易不清醒，還覺得地球圍著他們轉，以為失天掌握親密關係的主動權。現在的女孩子，興趣愛好廣泛，獨處可以追劇、看直播、聽播客、DIY（自己動手製作）手機殼、織毛線包，家電壞了能找人修，孤單了養貓狗，想要熱鬧，也有姊妹們陪同。與這個世界交手，一刻也不含糊，注重內外保養，化妝是為了取悅自己，臉上打的針，挨的雷射，是為了在每個年紀都飛揚，書店畫室瑜伽館健身房自習室，永遠有勤奮的女性身影。人生帳面一算，怎麼看都比男性的基本盤更優秀。

提及另一半，其實她們也可以不戀愛的。追星很快樂，追番也很爽，一天換一個老公，電視裡的，乙女遊戲裡的，紙片的，鐵皮的，PVC的，壓克力的，她們早就不需要精神寄託，老了也有史黛拉和玲娜貝兒，不像戀愛談到最後，聊天記錄裡都只剩「晚安」。

一個生活飽滿的人，才不需要一句瘦削的「晚安」。

沙發客女孩回憶與前男友剛在一起時，因為小區封控，拿錯了外賣，誤打誤撞建立起聯繫。男生換回外賣，附贈給她一瓶可樂，這瓶可樂成了女孩特殊時期甜蜜的抓手。那時打開手機都是確診的數字，小區何時解封遲遲未定，面對這場突如其來的疫情，像是過吊橋，當有人陪她一起走時，也不知道這突然加快的心跳，是單純的害怕，還是萌生的愛意。

總之不管了，愛過就好，人生遼闊，不要只活在愛恨裡。他們曾經沒日沒夜的電話往來是真的，擁抱的溫存是真的，一起走過的微信步數是真的，分別那晚的嘆息也是真的。誰先認真誰就輸了，但是輸了就輸了唄，誰的人生還能全都是贏的啊。

愛情的結尾或許不忍卒讀，但開始的模樣都很甜。想起我的電影，在冬天取景，我們被困在天津的盤山路上，氣溫降到零下十幾攝氏度，路面都是積雪，為了搶天光，精減後的劇組人員靠猛禽車隊接了好幾趟才能上去。設備受限，所有人都像在渡劫，同事凍到手抖，話都說不完全。我身上貼了十片暖暖包，與導演窩在迷你的監視器前，呵護著我們心中發著光的愛情片。

接近下午五點，光線愈來愈弱，山間彌漫著霧氣，故事中的角色戀愛了，監視器的螢幕上透著一層粉色的濾鏡。即便我們都已然冷到呆滯，也看到了春天的模樣。在這種極端環境和別人的幸福襯托下，也特想此時有一個人，讓我可以拿起手機發過去一則：等我回家。

過去百無一用的深情，現在成了被批判的戀愛腦，過去一見傾心，現在權衡利弊，我們有多久沒有好好戀一場愛，而不是談論一場愛了。

忘了在哪裡看到的，說愛情本就是一種精神疾病。愛上一個人，就是會不受控制地感到炙熱，失去理智地變得虔誠。眾生皆苦，要向工作低頭，要與朋友交換價值，捂著耳朵也要聽家人的勸告，生活已經足夠無趣了，就把愛情還給愛情吧。畢竟表達愛意與接受愛意，是最直接的藥，能讓人自信，好看，忙碌，驕傲，被認可。

心動是身體裡一場小型的煙火表演，當有人駐足凝望時，一定燦爛耀眼。心動之後，我將專情養成明日花，不可得當作遠方星，被傷害視作高山雪，這世界便不能將我如何。

我們曾坐在井中看過流星

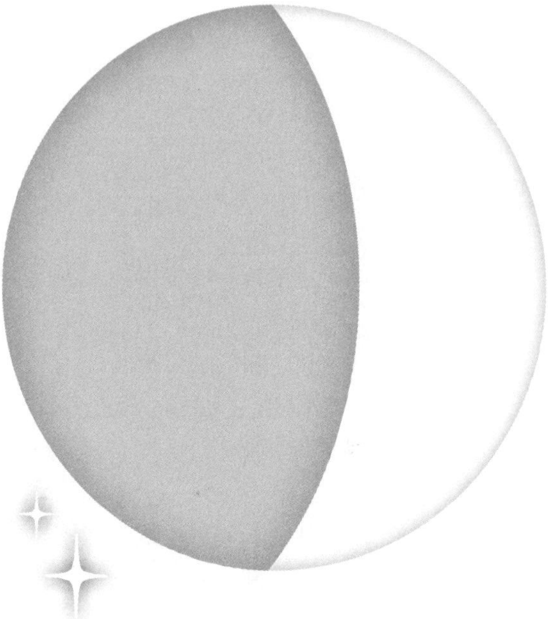

誰也別瞧不上誰，

存在即合理。

愈來愈沒耐心看完一部劇，經常是看完前幾集知道個大概就棄了。電影也是，節奏稍慢下來就想玩手機，甚至一度覺得，那些UP主（上傳影片的人）五分鐘總結的劇情，都比電影本身精彩。為此困擾過，與朋友分享，得出結論，不是我的問題，因為現在的東西的確很無趣，過去比現在更有未來感。

我這個年紀的同齡人，即使對各自的現狀再不滿，但一定不可否認的是，「過去的東西」的確精彩。

那是新世紀的初始，諸多盈月與破曉組成的千禧年，我們都有幸參與。

記憶中，學生時代的劇是看不完的。幾百集的《皆大歡喜》、《搞笑一家人》可以在吃飯的時候反覆看，港劇、臺偶、韓劇當正餐，新番動畫是甜品，《人間四月天》和《大明宮詞》這樣的佐餐酒拿出來，細品之下有陳舊的美感，值得日後時常回味。

還記得第一次看《越獄》，體內的每個細胞都熱血沸騰，反覆追問同學，這個世界上怎能有這樣的電視劇？除了劇集，電影在那個時候更接近造夢，成龍的《神話》，電影頻道放幾次我就看過幾次，永遠會為一襲白衣的玉漱公主死守在秦始皇陵那一幕流眼淚。恐怖片絕對是青春氣氛組的標配，一個人的時候，看林正英的搞笑僵屍片，人多就看日本的正經鬼片。朋友們嚇作一團，自此走夜路頻頻回頭，洗澡睡覺時閉眼就是猛鬼貼面殺，都市的異聞傳說愈說愈真實，而後的話題可以聊上好幾天。

大人對愛情閉口不談，而我們對愛的啟蒙，全靠自學。感謝二〇〇〇年後的一眾愛情片。孟克柔推開那扇《藍色大門》，睜眼看不見的人，閉上眼見到了；英俊的木匠寫下《戀戀筆記本》，一見鍾情的表白足以支撐一生；重逢於《愛在日落巴黎時》的舊愛，只想狠狠聊天；紙短情長的信件，訴說著決不忘記你，足以驗證《李米的猜想》。

原來愛一個人的感覺，像坐上遊樂園的海盜船，心臟會來回失重。見不到面就想念，想多了會覺得無力與悲傷，再見面，又充滿力量，如此循環往復，痛並快樂著。情到深處，恨不得把心掏出來給對方，但掏出來會死吧，那如何證明心動呢？用眼淚，用親吻，用悄無聲息的付出，用撕心裂肺的徒勞。

直到我上高中，小城才有了第一家電影院。我在那裡看的第一部電影是《不能說的祕密》，後來收藏了藍光碟，前前後後看了十三遍，今年是第十四遍。即將打破這個紀錄的，是每年的聖誕儀式《愛是您．愛是我》和後座力強悍的《鐵達尼號》。電影是光影魔術，有操控時光的能力，總能在觀眾善變的心境中，照映出不一樣的情緒。同樣的劇情和臺詞，在不同的年紀看，又多了新的意味。

反觀現在的影視作品，仍然在努力造夢，只是這夢境索然無味，還有條條框框牽絆。

不知從什麼時候開始，探討作品審美的標準，變成了一場關於價值觀正確與否的討伐，即使是從前被視作經典的作品，近年也能看到「三觀不正」這樣的短評被頂上熱門。

回望那時看這些作品的我們，星光滿眼，身心都被充盈，希望銀幕裡的他們可以有萬種生活，只是千萬別活成我們能一眼望見的樣子。現在的觀影審美太現實，風來了，它是正確的風，才有心之所向。是我們親自釀成了可笑的諷刺。

寫到此，有關過去的回憶湧來，想起我老家的那個童年小屋。床頭櫃的兩個抽屜裡，第一層塞滿了月刊雜誌的贈品，《漫友》、《當代歌壇》、《大眾軟體》、《最小說》……如數家珍。這些紙卡禮品是寶藏，雜誌裡的故事和連載是精神食糧，我唯一要做的，就是規劃好零用錢，看看這個月是哪幾天又要吃不上早飯了。

那個名字很長的貝塔斯曼書友會，會不定期寄來書單。想在那裡買本書特別不容易，半個月才郵寄到，一本書全班同學輪著翻，喜歡哪位作家的都有，就是不喜歡上課偷看書被老師沒收。

現在物流便利，當日下單的書，第二天便能收到，可是拆封的熱情寥寥。那些記憶中的紙本刊物接連停刊，編輯含淚作別。本以為青春是個永恆的動詞，直到《冰川時代

4》裡，那隻叫斯克萊特的樹鼩，終於吃到了那顆一直追尋的橡果。

還有什麼是不會結束的？

抽屜的第二層，是磁帶和CD。上學那時，最期待的是中午廣播站放的音樂。如今總會有個畫面在腦中反覆出現，那是周杰倫發行《七里香》當日，我前桌作為鐵桿歌迷，早早杵在音箱底下豎耳聆聽，當〈髮如雪〉那句「紅塵醉」的高音出來時，他轉向我，閉著眼用力打了個激靈，像是偷嘗了一口大人的白酒。我們距離太遠，我又近視，但看到了很多隻蝴蝶從他心口飛出來。

買實體專輯是一種儀式，從預售拿到回執單開始，計日以俟，度日如年。臨近上市，每天放學都會往音響店裡跑，老闆已經認識我了，我還沒開口，就回，還沒到呢。那個時候，我們痴迷的或許不是一張專輯，而是從學校跑到音響店那段閃著光的期待。

長長的耳機線穿過校服袖口，與同桌在晚自習偷偷聽歌，磁帶放完A面，取出來翻到B面，捨不得快進一首。夜裡的教室帶著秋天雨後的泥土青草味，耳朵裡裝滿了盛夏，粉色的春日掛在喜歡的人臉上。當時的我們不會知道，二十年之後，人們還在聽那些歌。二〇二二年的綜藝節目裡，王心凌穿著水手服唱跳〈愛你〉，登上熱搜，愈多人懷念，愈證明華語音樂已經停留在冬天很久了。

千禧年出現的明星，像是下了一場紫微星雨，每個人都值得喜歡好多好多年。他們才華橫溢，大腦性感，愛憎分明，與記者唇槍舌劍，微博當朋友圈發，管你是誰，最煩裝那個的人。現在只要有藝人發個LIVE圖，寫一兩句吃喝拉撒，就叫內娛活人。不怪他們，因為虎視眈眈的營銷號擅長掐頭去尾，大量的網路警察好像沒有自己的事，輕易論斷他人，是他們的日常。

現在娛樂活動多，可人們還是覺得清閒，那時就那麼一兩樣玩樂，還覺得時間不夠用，哪裡有工夫聲討他人。

追星看劇之外，我喜歡打遊戲，網遊出現之前，單機遊戲是要裝碟的。推進光驅裡的每一塊光盤，都是亟待拆開的禮物，看著緩慢的安裝進度條，就像巴甫洛夫的狗暗自搓手，垂涎三尺。突然蹦出一個提示失敗的對話框，以為是遺留的「千禧蟲」危機，於是用金山毒霸殺了好幾遍的毒。

那時的電子產品都很脆弱，不像現在的手機，不僅抗摔，還會遛人，用一根看不見的繩索，捆住它們的人類寵物，你點開一個App就帶你去一個地方，速食投餵，在成為超人和禽獸之間，讓你產生永無止境的依賴。

手機能拍照之後，我有很多黑歷史。可惜的是，當時的照片無法保存，否則應該能找到很多非主流的自己——現在不能稱為非主流，有一個更高級的詞叫「Y2K」，是一種極具個性，帶著機能風、漸變色和科技感的潮流。潮流就是個真香[4]的圈。時間會讓曾經被詬病的文化，變成後來的次文化。

自私的九〇後，看見自我又自信的〇〇後，羨慕不已，而當初群嘲他們的八〇後，早已過上了自閉的生活。所以誰也別瞧不上誰，存在即合理，如果再以俯身向下的姿態看世界，就只能證明你不再年輕。

常在想，或許二〇一二年的世界末日真實發生了。瑪雅人的預言將我們帶到了另一個平行世界，從那一年開始，藝術的步調放緩，生活的七零八碎復興，人類走向新的現實紀元。看到一個科普UP主說，未來或許是確定的，就像諾蘭的《TENET天能》一樣，從另一個維度上看，我們以為時間的流逝其實是逆流，「過去」的金字塔是「未來」建的，那我們已經抵達了未來。

近日讀過一則微博很是感動，浙江某地的電臺主持人收到了一封來自日本的信件，是一個居住在日本東廣島的老人寄來的。信中講述老人在七月收到了遠在浙江台州的綜

---

4 網路流行語，這裡指原本不被看好，後期做出相反對待。

合廣播的訊號，前後持續了七分鐘。老人是收音機愛好者，希望給他一個收聽證明，還妥帖地準備好回執和十元人民幣的郵資。

神奇的是，這個有時連台州本地都收不到的脆弱訊號，卻漂洋過海在遠方微微響起。像是宇宙的奇蹟，那是離星空最近的地方，大氣抖落天體的塵灰，製造了一小片電離層，反射的訊號讓此岸聆聽彼岸，異國不再是他鄉，在同一時刻，我們成為繁星的孩子。

信的末尾，老人寫著：「請確認我的收聽，則幸甚矣。敬候您的回音。」我從來不知道還有收聽證明一說，看到這裡，從前那些數著秒，等待廣播節目播出的孤獨夜晚，那些寄出的信中未竟的紙短情長，也都有了綿長的回應。

《人間四月天》的徐志摩說，如果看過月圓的美，你會有足夠的耐心等候二十九個日子，只為等那一個月圓夜。即使到那天，不幸有雲遮住了她，閉上眼睛你還是能見到她在雲背後的光華。

世間的浪漫都藏在等待裡，那是想念不匱於夜的亮光。

如若是最接近未來的樣貌，在我的想像中，是大家都在聊一種很新的東西，藝術作品目不暇接，有意思的產品即使吃再多土[5]也要買。大家在各自擅長的領域發光發熱，這是來路，也會變成我們的去路。

攤開世界這張地圖，每一寸都是希望，人們躍躍欲試想要成為明天的寵兒，對嶄新的知識攻城略地。不自卑，不自傲，談及愛和理想，不再消耗過度的謹慎，因為我們曾坐在狹小的井中看過流星。

5 網路用語，這裡指窮到沒錢吃飯，需要吃土的地步。

流浪寫手

幕天席地，我將狐狸放在旁邊，它好像活了，
陪我看了很久的落日。

什麼時候開始，笑是用來掩飾尷尬的，哭是只能借用電影劇情釋放的，旅行是從翻看過往的照片完成的。

曾經人類和自然各執一詞，一方大肆揮霍，一方宣告稀缺，最後羅生門被敲破，一場病毒讓人類世界按下暫停，人人認清自我在宇宙中的斤兩。

這幾年大小事的堆積，見過魑魅魍魎，也遇見善良，逐字逐句悉數閱盡，似乎真的可以狠狠翻篇了。

此刻我正面朝冬日大海，坐在阿那亞的自習室裡。這個季節的海，獨有安詳與寧靜，海天與沙灘呈低飽和，眼睛開合間的隨意抓拍，都是文藝雜誌的封面。遊客入畫，成群的海鷗停在海面的浮冰上，這一呼一吸對寫作者來說，皆是靈感的照拂。

寫隨筆不像小說，不激烈，像是爵士樂，講究氛圍和定境，沒有那麼多目的，愈散愈鬆弛。說來可笑，我有深海恐懼，卻喜歡海，人就是如此矛盾。但正是這些自知自憐的怕和愛，讓我們能與自我對話，辨清自己是誰。

之前無數次錯過阿那亞，總以為是個純粹的網紅地標。被社交媒體上的「照騙」嚇怕了，再精緻的建築，十級濾鏡和大廣角的背後，或許是寸草不生的荒地。後來也是我的策展人對其讚不絕口，本著相信專業的態度來了，結果第一次來就被深深吸引。

這片沿海社區更多的不是風景，而是包裹在風景之外的關於生活的柔軟。移植的鹼茅和紅柳隨處可見，植物是自然的靈魂，生機與枯萎昭示著多維的生滅變化，敏感的人，能從植物身上窺見宇宙的能量。建築和門店上的中文字體，審美品味頗高，原來不是只有英文招牌才可以設計得好看，中文在我們自己的語境裡受了太多委屈。

這裡的工作人員極友善，步道整潔，還有為流浪動物準備的角落，每一處細節都擊在心口，一定程度解決了我們這些矯情的生活流積極分子內心的自我認同，深刻詮釋人不是活一輩子，而是活幾個瞬間。

想起三毛寫的撒哈拉沙漠，如同大地堆積的血液，荷西因為三毛去沙漠工作，三毛因為荷西留在了沙漠，奔赴了相同的終點。人造訪一個新的地方，會被磁場吸引，產生天然的好感，冥冥中好像曾到訪過。就像與某個陌生人初次照面，會有認識很久的錯覺。機緣處處定相投。

上次過像這般流浪寫手的生活，還是二〇一九年在東京。那時拎著電腦每日換一家咖啡店，一杯美式和一塊奶油餅乾，能陪我過上大半天。寫作五天，週六日放假，整理思緒，四處逛逛。

了解一個城市最好的方式，是在那裡生活一陣子。

煙火氣其實不是看出來的，而是置身其中身語意的感知。現代城市幾乎無異，舉目皆是高聳的樓宇，道路寬廣，商業區星羅棋布，這些殊途同歸的繁華，刻意將那些平凡的愛恨和柴米油鹽打包，粗魯地丟進暗巷。只是匆匆路過的我們，想討一點煙火氣看看，未免太難了。

不停下來生活，感受不到簡單和純度，看不見公車上玩數獨的老人，超市區淌著珍珠水滴的蔬菜，藏在逼仄小徑的拉麵店，點頭示好的陌生鄰居，還有因為常去一家餐廳，即便你不說，店員也對你的喜好了然於心的默契。

我是一個非常需要旅行的人，它是生活的座標，將一年的慣常劃分成了幾次期待。這三年，座標消失了，日子是橫衝直撞的橫線，像是心電圖發出絕望的長鳴。還能旅行的時候，人生是有目的地的，當失去出發的理由時，這該死的生活要去向何處？

這期間最久的一次遠行是去敦煌，不是因為工作，單純玩樂，身心完全交付。我很喜歡當地文化和自然景觀相得益彰的旅行地，敦煌如是。我們住的酒店在沙漠裡，早上推開落地窗，空氣裡沒有物欲和規勸，窗前滾滿了沙，來自原生態的早安。

敦煌市內有一家很大的文創店，有許多與莫高窟聯名的產品。買紀念品的行為雖然非常遊客，但也成了我多年的習慣。我一眼相中一款用壁畫圖案設計的杯墊，內有金沙，放上杯子或者首飾甚是好看。這裡美食眾多，是主食和肉食愛好者的天堂，夜市的紅柳木烤串我可以一口氣吃五串。鳴沙山上的駱駝溫順，漫步在沙漠中，拉長的影子成了標記。

我坐在鳴沙山山頭，俯看著遠處的月牙泉，湖面粼粼波光，發了好長時間的呆。沙漠和湖面都有讓人放下頭腦的磁力，莫名想擁抱它們，我揚起一把細沙，幻想就這麼滾下去，不知能否直接到達泉邊。

啟程去雅丹魔鬼城那日，我帶了一隻狐狸公仔，純粹是旅行的儀式感。臨近日落時分，我們看見孑然獨立的一處風蝕土墩，爬上頂部時正巧遇見落日，美得不像話。幕天席地，我將狐狸放在旁邊，它好像活了，陪我看了很久的落日。同行的朋友喚我，我微微側頭，正巧抓拍到我與狐狸互望的一幕。

無法成為小王子，那就期待有個人，將我溫柔馴養。

落日和滿月是我深愛的天象，前者是結束，底裡透著悲傷；後者是完整，想到本性的圓融。在北京時，我喜歡落日時分出行，有時運氣好，能看見日月同輝，或者粉色晚霞，這座城市於我最大的魅力就是擁有好天氣。

我向來不介意晚高峰，平日出行打車多，遇上有話聊的司機還能蒐集一些寫作素材。前陣子叫到一輛車內裝滿皮卡丘公仔的車，司機的口罩上都是皮卡丘圖案。我們年紀相仿，他說從小就喜歡《寶可夢》，我說，我那時看的時候還叫《寵物小精靈》。司機方向盤都握不住了，忍不住與我隔空擊掌。他應該是個有趣的朋友。

這三年，有好幾個朋友相繼離開了北京。其中一個在北京住了二十多年的姊姊，不過是在晚餐結束後突然抱了抱我，沒想到次日便走了，離開得悄無聲息，連告別的機會都不留。

我們曾一起在六本木的展望臺看見過若隱若現的富士山，聽說不是每次上來都能見到，要碰運氣的。當地人會向富士山許願，我們一行人默契地保持沉默，凝望遠山，認真撂下願望。我走了神，偷偷拍下他們，只因夕陽打在他們側顏，許願的神情過分虔誠，這幅畫面一瞬間讓人想哭。

我們無法預料世俗倫常，就像我們那時的願望清單中，一定不會希望來年還能旅行，不會那麼在意內心的平和，更不會期盼世上的每個國度之間，少一些明爭暗鬥，能夠互相照顧與眷注平凡人的福祉。

還有一個陪我去巴黎采風的朋友，定居在法國西海岸，離吉維尼小鎮很近，莫內的花園成了他的後花園，讓人好生羨慕。當年寫《聽你的》那本書，因為需要大量的攝影素材，我們幾乎踏遍了巴黎大大小小的街道和景點。

冬天的巴黎太冷了，衣服沒穿夠，朋友提議運動取暖，我們一路跑去了艾菲爾鐵塔上吃晚餐。法國人節奏慢，我們成了路人中別致的神經病。跑是停不下來的，稍想喘口氣，冷風直吹腦袋，只得咬著牙一路到底，太瘋癲了。

人生還有兩次瘋狂體驗，一次是在北京環球影城，當天幾乎空園，巡遊路上的觀眾寥寥無幾，我們一夥人喪心病狂地互動，惹得演員們尷尬笑場，結束後嗓子都喊啞了。另一次是朋友在拉斯維加斯的婚禮，原定的泳池 after party（餘興聚會）因為下雨取消。我們一行人興致上頭，戴著兔子耳朵的頭箍，捧著氫氣球穿過賭場，友人帶頭大喊：「We are married（我們結婚了）！」最後收穫了一整個賭場的祝福。

人在旅行的時候，被取悅的閾值會自動降低，毛孔開放，愛笑，情緒會流淌，看萬物都可愛，可以真實地遇見另一個自己。

所謂旅行的意義，就是可以短暫地逃離你既定的社會角色和身分，在別人的樂園裡撒野。

我一直認為自由不是去獲得什麼，而是可以不要什麼。其實獲取挺容易的，靠一點聰明機智，一點熱情衝動，或是絞盡腦汁的努力，總有點效果。真正難的是割捨，是放下，是擺脫欲望。

這幾年因為消費降級，對很多物件失去購買欲。深諳一個道理，看過即擁有。對自我真實的需求了然於心，捨得在何處花費，一是美食，不辜負腸胃，畢竟是身體的副腦。另一個便是旅行，世界地圖那麼大，人的壽命有限，軀幹又渺小，一生很難走完。或許上帝的設計別有用心，就是為了督促我們早點出發。

傳說宙斯將人的性別切成兩半，所以每一半的宿命，就是要尋求原來的另一半，以便我們恢復其原初的整體。不論男性、女性，還是雙性，我們的出現，就昭示著即將開始一場環遍世界的奔波。所以我們向外出走，就是為了尋找散落在地圖中的片光零羽，那或許是本我的一塊碎片，用於拼成我們的全貌。

再一抬頭，天色已暗，月亮浮在海上，恰是臘月十五，如一盞高懸的明燈，月影清輝。明天還要來這裡。

在美術館發呆

看展就是一種「湊熱鬧」，
只要擁有心有所屬的能力就好。

收拾家，翻出很多在各個國家的美術館買回的紀念品。未拆封的明信片、手帕、文件夾、拼圖……大抵是日常用不到的。

逛展覽有個妙不可言的吸引力，只要被展覽中的某些作品擊中，離開時總想帶走商店裡一些複製的碎片，即使深知買回去很長一段時間不會再欣賞。但這個世界上很多物質的獲得，本就不是為了有用，而是為了證明我們曾經來過。

我一直認為如果找不到旅行的意義，就去打卡當地的美術館。美術館只是個籠統的概念，任何策展形式的展覽，無關場地大小，只要能被作品打動，就好似一場奇遇，那些作品在我心中，都是等量齊觀的館藏。

有一幅擺在我書房的攝影作品。暮色降臨時的富士山，生出群青色的濾鏡，上方一抹月亮在快門瞬間的捕捉之下，光輝散成了六芒星。傾輝引暮色，孤景留思顏，山月相映，美好而孤獨。

買回它的經歷也十分有趣。

那年在富士山的車站，我拖著行李箱動身去箱根。大雪剛過，路面難行，幾番輾轉還是錯過了車。等車間隙，走進車站背後的一家老式咖啡館，想避寒喝口熱咖啡。店裡沒有其他客人，只有一個老太太在經營，做咖啡的也是她。不大的空間半面牆都掛滿了相框，攝影師專拍各個季節時間點的富士山，儼然一處小型的專題攝影展。

我一眼相中牆上那幅山月作品。老太太不懂英文，靠肢體語言溝通，她讓我稍等，去一旁打電話，言語客氣，像是求助什麼重要的人。十來分鐘後，進來一位穿著講究的老者，頭戴圓檐禮帽，裹著灰褐色的粗呢大衣，復古搭扣皮鞋上留著一路踩過的雪印，像是歐洲電影中寂冷的一幀風雪歸人的畫面。

原來他們是一對夫妻。這些攝影作品都出自這位老者之手。他聽說我從中國來，興致頗高地從櫃中取出一本相冊，封面已經發黃捲邊。老者喜歡中國，年輕時去過北京，還特意指著一張與張藝謀的合影，努力用蹩腳的中文念出導演的名字。他講述了好長一段故事，我僅有的英文詞彙量，只能捕捉到這張合影大概緣於他們早年的工作關係。

公車即將到站，我著急想問那幅攝影作品能否售賣。老者答非所問，反而拋給我另一個問題。他問我：「中國古代在這個世界上有哪幾大發明？」我依次回答：「火藥，造紙術，指南針，印刷術。」他搖頭，說：「還有一個。」這個知識點是我的盲區。他見我茫無頭緒，露出一個得逞的笑，從牆上取下那幅山月作品，在背板慢悠悠地簽上名，還執意讓我在一旁寫下我的中文名字，再親自謄寫上去。老者給了我一個不可思議的價格，近乎白菜價，我確認好幾遍才敢付款。

車已經到站，我抱著這對老夫妻為我精心包好的相框，生怕屋外的雪會淋著它，匆忙與他們道別，開了半扇門才想起剛才未竟的問題。問老者：「還有一個偉大發明是什麼？」老者笑了笑，說：「china（瓷器）。」一詞雙關。

門外零星有雪花片鑽進來，偷趴在脖頸，我忍不住打了個寒顫。這天氣和心緒的一冷一熱，如同飲一口香檳，跨越國度和時間的綿長，入口酸甜，深感幸福。

這些從展覽中買回的物件，有一個共同點，色彩繽紛絢爛。我總是容易被富有童趣的作品吸引。夏卡爾、馬蒂斯或者是梵谷，他們的筆觸不被規範的美術技法限制，天馬行空，配色大膽。我理解的少年感是半分自我的孩子氣，半分對抗世界的決心，都體現在他們的畫裡了，不知道下一筆要去向何處，也總會在恰到好處的時候停筆，不留一絲猶疑。

印在絲巾上的《在阿爾的臥室》，購於荷蘭的梵谷博物館；在梵蒂岡博物館裡一眼相中的小天使雕塑，商店正好有翻印的拼圖；法國畫廊遍地的聖保羅古鎮，心儀的畫作太多，原畫帶不走，買回了一張明信片；那個水藍色的馬克杯上，印著頭戴王冠的希臘羅馬男性。原本只是覺得杯子好看，畫它的英國藝術家叫 Luke Edward Hall（盧克．愛德華．霍爾），比起他配色斑斕的畫作，他的穿衣和居家品味甚高，我今後也想要裝一套這般絢麗的房子。

浸潤在歐洲的文藝氛圍中，身體緊張又輕巧，流連忘返於那些轉角皆可見的藝術，每一步都是悠長的逡巡。

上帝用了六天創世紀，我大概只會把時間用在美術館裡，散步發呆。我太愛看展了，心理學上有個詞叫閾限，亦稱「感覺閾限」。指在自然和社會環境中，各種物理刺激、化學刺激作用於人的感官引起相應的感覺變化。逛展的過程，就是感知自己閾限的過程。根本無須計較藝術家的生平，自身的鑑賞功力如何都不重要，只要你不虛設藝術門檻，它就是無礙的。像是大自然，每一個凡人都可以擁抱它，雲與風，河流腹地，所見即所得，雅俗共賞。

看展就是一種「湊熱鬧」，只要擁有心有所屬的能力就好。

我喜歡在展覽中拍照，雖然很少排長隊與熱門展品合影，但一定要在心儀的作品前留影，或背對鏡頭觀賞，或像遊客伸手比「V」拍照，或是在展廳內遊走抓拍，絲毫沒有羞恥心。現代藝術有極大的包容，人與作品的合照，形成二次創作。如果我是藝術家本人，我很樂意看到有人共享創作的靈魂。

我喜愛的展覽紀念品，還有一類是筆記本。因為職業的關係，經常收到筆記本的禮物，家裡其實都放不下了（我的親朋好友和讀者們不要再送我本子了，好意心領），所以能再從展覽買回的筆記本，一定是有特別意義的。我多數會因為在現場有了靈感，手癢想要書寫，便買個本子直接記錄。

與坂本龍一聯名的口袋筆記本，是幾年前在首爾的坂本龍一紀錄片展買的。展覽場地是個藏匿於居民區的小洋房，小坡一路走到盡頭，一棟三、四層的建築，門面並不顯眼，館內人不多，走進第一個展廳就聽見《末代皇帝》裡的經典鋼琴曲。展廳大小並不影響沉浸感，每一層風格不一，各類藝術裝置將教授的音樂包裹，共生。看著紀錄片中的教授將水桶套在頭上，站在雨裡聽雨水拍打的聲音，怪誕又有趣。

多懷念我們尚未走進科技生活，一無所有的時候。會關注自身和他人的情緒，看得見巴山夜雨漲秋池，有時間貪戀每一場雨，記錄每一朵雲，抱有每一次深耕細作的衝動。而不是將電子產品穿針引線，綁住手腳，甘願被其支配。愈來愈多的創作者將靈感、音符、文字悉數交給電腦，科技可以解決一切手工匠人的魅力，甚至解決匠人本人。最可惜的是，我們很難回去。

寫到這裡，想起《愛是您・愛是我》中柯林・佛斯飾演的作家。從打字機中剛剛誕生的一疊厚厚的稿子，筆底煙花，因緣際會讓它們漫天飛舞，散落在河水中，不失為一場絕美又遺憾的召喚。不知道它們能否全部找回來，但這個過程也成為作品本身。

展覽的頂層是一處開闊的天臺。在周邊區買完筆記本，我坐在懶人沙發上，夏夜的風溫柔偷襲，淺抬眼眸，遠處是南山塔的夜景，耳邊的鋼琴曲繾綣地吟唱起舞。拉開筆記本的橙色橡筋箍環，我在第一頁寫下一句話：這個世界本來沒有那麼多驚喜的，可是你出現了。

或許當時是寫給教授的。此情此景，再看見這行字，反而熨帖了自己，偶然成為遙以心照的巧合（整理這篇隨筆時，教授已經離開了。藝術千秋，人生朝露，何其短暫，何其燦爛。像他說的，以後，會多看月亮的）。

這幾年有幸做自己的展覽，特別在意兩件事，一件是觀展路線，另一件是周邊產品。去過幾個所謂的大展，凌亂的路線讓人暈頭轉向，觀者在每個展區內重複遊走，心境充滿躁動，再好的作品也看不下去。展覽周邊的品類不強求豐富，但要便於攜帶，紀念不應有壓力，畢竟不是傳統的商店，不為盈利。正餐過後的甜品，吃得開心便好。

在我的上海首展上，我喬裝成咖啡店員，觀察看展的觀眾。畫作不同於書本文字，被相同的故事牽動，而像是各自絢爛的星辰，總會有人選擇抬頭仰望。觀眾們站在不同的畫作前，凝望的瞬間，那一刻我並不知道他們在思考什麼，但我看見他們背後生出了翅膀，撞上我當初完成那幅畫後，心口鑽出的無數蝴蝶。

反覆觀看辯論節目裡救貓還是救畫的那期辯題，跳過面對生命的踟躕，也不談遠處的哭聲，總會被蔡康永最後那番話感動。他說，那些留存的東西可以提醒我們，不要那麼瞧不起自己，因為我們曾經那麼美好過。

都說活在當下，盡興之後，當下就過去了，歡愉結束後，那種空落的虛無，我們都體驗過。過往經驗會團成一個毛球，人的內心愈豐盈，愈抓不住生活的線頭。藝術會稀釋很多真實世界中難以忍受的東西，感謝這些附著在時間藤蔓之下的創作，聊以紀念個體的不乏味和記錄人類的不沉淪。

逆社會時鐘

有的人靈魂裡有一團火，

但路過的人只能看到一陣煙，不知道是誰的遺憾。

我自小喜歡手辦公仔，這個愛好到現在這個年紀也沒變過，今年尤甚。剛從上一個被盲盒支配的天坑中爬出來，逛個迪士尼樂園，又跳進掛件公仔的坑。我絕對是玩具商家爭先恐後保衛的蘿蔔，不必多說一個字，見坑就蹲，積極消費。房間整面牆堆滿收納盒，裡面整齊地住著這些美好的證明。

我收拾自己都沒有這麼用心。

看到它們，身體內的多巴胺就拿著愛的號碼牌加速分泌，如此快樂，還談什麼戀愛？朋友到家裡，嘆為觀止，問我是不是瞞著他們有了孩子。我笑言：「我就是那個孩子。」

我向來不是對年紀敏感的人，三十歲之後，還會習慣在需要填寫年齡的場合，寫成「2」字開頭。陌生人問：「還在上學吧？」我收起臉面，狠狠點了點頭：「對，快畢業了。」

要說年紀焦慮，有一點，但不多。焦慮在想到要與家人開始更多針鋒相對，而提前疼痛。

社會時鐘的規訓告訴我們，什麼年紀該做什麼樣的事，上學，戀愛，工作，結婚。我很不喜歡這種強盜式的約定俗成，每個人明明生來不同，卻被迫要做相同的事，用同一套人生的行為規範作為幸福的標準。有人看似走在前面，也有人看似走在身後，總忍不住主動或被動地比較，口口聲聲吶喊著我們要公平，卻都期待那份不公平落在自己頭上。

與家人不多的見面，共同話題寥寥，還被他們見縫插針地拿年紀說事，問我，是不是可以考慮人生大事了？當然，每次有這種「都××歲了……」的開場，我一定會以「所以呢，是該死了嗎？」作為萬能回嗆公式。不禮貌，但有效。

他們理解的「人生大事」，在我看來，只能裝進人生這家咖啡店中最小的杯型，更多亟待解決的大事，根本盛放不下。世俗認為你應該做的事，不一定能讓你感到幸福，而說出這些的人，其實往往過得也不怎麼樣。他們或許不擅長愛，沒有體悟幸福的能力，以為生活就是一日三餐、門口的閒言碎語，公眾號上駭人聽聞的人生道理。

愛是生理和精神共處的矯揉生發，是宇宙對日、月、星辰之外的第四種饋贈。結婚是因為夠愛，生孩子是你做好了準備，讓另一個生命體驗幻夢和悲痛。每一步都有至深意義的事，卻總被年紀這個無趣的數字冠上前提。

在那些沒禮貌的要求背後，藏著他們自欺欺人的傲慢。將青春時的乍見之歡定義為早戀，觸碰就是雷區，卻又在我們練習愛的年紀，急於催促我們結婚，以為我們都是戀愛資優生。大學沒有任何社會經驗，卻想要我們擁有無與倫比的工作，然後不管我們每一份不滿意的工作背後，有多少委屈，反正提辭職就是矯情，不夠上進。工作上終於小有成績，有了點自己的樣貌，又被說沒有婚姻和孩子是不幸的，好像這麼拚命活著，就是為了成全別人。最可笑的是，這樣的規訓本身就失之偏頗，總體上對男性溫柔一些，對女性則滿是惡意。

我們亦步亦趨，都因為年紀這座大山壓在身上，而不敢看一眼詩和遠方。當時間齒輪碾過時，那些施加規訓的人到站下車，全身而退，我們卻在無止境的遺憾中意識到，好像絆住我們的人，是自己。

有一回逛街，被一家店的門臉吸引，店內竟然全是迪士尼樂園和環球影城的限定徽章。老闆是八〇後，專業的徽章收藏玩家，三十五歲時經歷一場沉底的失戀，曾與女友共同創業，對方的離開也帶走了他繼續下去的理由。

這些金屬玩具將他打撈上岸，他沒有再投入新的親密關係，而是選擇逆社會時鐘，當「什麼年紀做什麼樣的事」這樣的焦慮開始鬆綁後，愛情的價值順位就會往後放。他建立了一個徽章愛好者圈子，組織這些收藏玩家去世界各地的迪士尼樂園和環球影城旅行，與國外的玩家交換徽章，分享各自的人生。

這些看似冰冷的玩物變成情感紐帶，讓本就小眾的樂趣，收穫了認同。他的喜好當然不被家人理解，他被扣上不務正業的帽子，但這個世界上，總會有一些人能脫離時間概念，活在屬於自己的時區中。

有一本我很喜歡的書，叫《梵谷手稿》。它比任何一本梵谷的珍藏畫冊都無限接近真實的他。全書是他與弟弟提奧的書信往來，所以更像是隨筆。

二十七歲之前的梵谷，退過學，當過老師，做過兼職，還信了教，在「躺平」和努力間來回切換。可能某部分曾經的經歷讓他滋生了對藝術的敏感，有一天他告訴弟弟提奧，自己像是籠中鳥，雖然無錢無勢，但心裡有了個主意，他想要畫畫。於是從素描臨摹開始，往後的書信都成為他的畫畫日記。專業石墨芯的法伯爾鉛筆太昂貴，他就研究天然石墨和牛奶混合的平替（平價替代品），三原色摻一點黑或者白，就能配出不同的顏料。

他對畫畫近乎偏執，為了在海邊畫一幅畫，要趕走上百隻蒼蠅，還主動內卷，吾日三省吾身，必須付出比那些名家多幾倍的努力。

梵谷真的挺孤獨的，無法抒發的鬱結全部交給畫畫，在繪畫中的所得，只是用來熬過這一生的方式。諷刺的是，他的一生如此短暫，而所有的成就在死後才姍姍來遲。

有的人靈魂裡有一團火，但路過的人只能看到一陣煙，不知道是誰的遺憾。

說來很巧，我媽退休後，也開始在興趣班學畫畫。第一幅是臨摹的靜物素描，最近還買了〈星夜〉的數字油畫。我說：「你這不就是梵谷的繪畫之路嘛，他二十七歲找到夢想，你五十七歲找到，所以人生沒有太晚的開始，同理，也沒有太晚的婚育。」她說不過我，轉頭繼續在她的創作中自得其樂。每個人的時區之所以不同，是因為人們都想找到自己的熱愛，但找到夢想那一刻，意味著你即將進入一段漫長的儲蓄，每種喜歡最後存的不是錢，而是時間。

當然需要警惕的是，因為我們被大量訊息裹挾，那些別人篩選給你的華麗人生，其實都是加工後的版本。看到幾個辭職旅行，退學做網紅的例子，以為這就是逆社會時鐘，人生意義的達成，於是輕而易舉地將「辭職」和「躺平」變成了放逐自己的臺階。

想起一個新詞叫「繭居」，說有這樣一批青年，各種年齡段都有，因為社恐，或者不滿自己的社會地位而持續性精神內耗，像動物冬眠般長期躲在家裡，不出門接觸社會。繭居時間基本都以六個月為限。

很酷，但實在不推薦。

我認為所有對年紀的無視不是靠反抗，而是一種修練得當的自知。就像在麻將桌上你知道自己早已聽牌，而怎麼個和法，是你的選擇，總之不要傻乎乎選擇不會和牌的那個方案。

真正開始一場逆社會的旅行，前提是有一定的原始積累，有堅定的去處，以及不會被外界輕易擾亂的定心。

想想公車站牌，劇場門口，遊樂園項目前，那些著急的人，最後都會擠在更多的人堆裡。而你不疾不徐，錯過一輛公車，再等一輛就好了；劇場晚些入座，你的門票也不會失效；遊樂時坐一個不那麼好的位置，即使體驗不同，但如果好玩，再來便是。你的節奏，沒有任何人能打破。在等候的時間裡，你慢下來，去看看有意思的東西，賺一點積蓄，打開自己，與外界交集，揭蓋有驚喜。

我特別喜歡影視劇作中，那些生活在別處的故事，它們是我理想的萬種映照，那是生命最珍貴的澄澈。同樣都是生活，隨手翻一頁，也能走到下一段故事，但如何閱讀，取決於看它的人。終其一生，我們只是為了讓自己快樂，與其他任何人無關。

擺脫掉了什麼時間做什麼事的敘事，你會發現一片曠野。

我出版過幾本短篇小說集，創作它們最有趣的過程，是在構思每個故事之初。寫短篇最大的自由是故事間獨立存在，但為了書的完整性，我會想好每篇的大綱才正式動筆。設計出場的人物小傳，星座，職業，就像是第一次與陌生人的會面。角色陸續入席，我站在上帝視角觀察他們，非線性的時間地圖中，有人趕上最好的相遇，有人選擇離開，有人在路上，有人沉默，有人辜負了愛，也有人傾其一生，追逐一場鏡花水月。

寫到這裡，腦中蹦出一個有意思的問題：如果人生縮短成一天，你會做些什麼？

我絕對不設鬧鐘，手機設置成勿擾模式，一定睡到自然醒。好好梳洗收拾一番，看一兩頁書，看不下去就玩遊戲，打掃房間。老闆打來電話責問工作，我意識到，我做的方案他根本沒有認真看，他如果還是糾纏，我就罵他。出門的時候，如果與你一見鍾情，就愛；如果沒有，就去下一個轉角，大不了喝杯咖啡。

坐在我對面的優秀同齡人，我看了他很久，「別人家的孩子」幾個字貼在他的大腦門上。與人比較是天性，如果忍不住，就比吧。能讓我看到自己的不足，不失為一件好事，若只能平添焦慮，我絕不自擾。你看那個人吧，髮際線後退得太厲害，雙目無神，這種優秀不要也罷。找別人的缺點，是我們生來的本事。

離開咖啡店，回到自己的賽道，恍然間發現路上其實就只有我一個人。到家後，房間被一日的陽光曬得很暖和，到了夜裡也不會覺得涼。投影打在牆上，我決定看一部終場電影，不如就選《班傑明的奇幻旅程》吧。

做你想做的人，這件事沒有時間的限制，只要願意，什麼時候都可以開始。你能從現在開始改變，也可以一成不變。這件事沒有規矩可言。

我希望你能活出最精彩的自己。

我希望你能見識到令你驚奇的事物。

我希望你能體驗未曾體驗過的情感。

我希望你能遇到一些想法不同的人。

我希望你為你自己的人生感到驕傲。

如果你發現還沒有做到，我希望你能有勇氣從頭再來。

時間到了，即便不捨得也要闔眼，畢竟一日蒼老，扛不住倦意。本想與所有我愛的人告別，怕漏了誰，也怕誰多說兩句。我是個敏感的人，這麼麻煩還是算了吧。

如果人死後能變回塵埃，希望明天，投身成為月亮。那是我準備在夜晚，有人抬頭便能相望的百計千方。

想像自己是個脾氣不好的詩人

穩定發瘋也是一種情緒穩定。

堅持每晚十二點前睡覺，已有半月，身體的確比過去更輕鬆了。以往熬到半夜，即使能保持八小時的睡眠，第二天仍有睡不醒的黏滯感。為了一整日的充沛，寧可捨棄深夜的精神自由。

三十三歲的狀態是個明顯的分野，久坐之後的肩頸像是被布了張網，肌肉被鉚在固定的姿勢，仰頭拉伸都痛。可是寫作者需要身體靜止，思緒運動，全然忘我。如果能做到半小時想起站立休息，那一定沒有進入狀態。

這種捨，不得解。身體的蠟燭燃燒的同時也在熄滅，或許本身就是一種藝術。

每日醒來在鏡中觀察自己，浮腫的臉部，腰上又多了些脂肪，說完全坦然是假的。找來防止發腮的臉部操跟練，看中醫，做艾灸，少喝冷飲，出門帶著保溫杯，裡面是泡好的枸杞茶。進食也比從前講究，可以深刻感受到重油鹽的食物進入腸胃後，它們發出的抗拒的訊號。

自愛的第一步，或許正是從關注自己的身體變化開始。與年紀焦慮無關，只想以後也是個好看的老頭，不與油膩沾邊，如果沒做到，未來的我定會向現在磨刀霍霍。

想到這裡，也是一種變相的督促。

新認識的朋友，說我與她想像的不一樣。想像中的我，寫作畫畫，拍了很多傳統審美上的寫真，多少有點文藝高冷，難以接近。不止一個陌生人這樣評價我。儘管他們只要去我社交平臺上隨便點開一個vlog（記錄生活的影音博客），看看我真實的日常，就會發現這與他們面前坐著的人，其實並無二致（也罷，這些趣味就留給陪我多年的讀者吧）。

我現在很少思考他人的評價，過去耳根子軟，接收到一點訊號，就會審視自己，想來他們是為我好，造成這樣的結果一定如他們所言，是我哪裡做得還不夠。如此左右拉扯，陷入自我懷疑。

做別人理想中的自己，是這個世界上最難的事，無異於站在歷史博物館，手握三兩工具，被要求親手復原他們想像中的那尊雕像。

說個趣事，工作上合作多年的長輩，說不上知根知底，但畢竟共事多年，他早已摸得我的脾性。後來閒言碎語傳到我耳中，有共同朋友曾向他提起我，他評價道：「他這個人可以欺負一下的。」

不奇怪，我自認是這樣的人，這種為了周全會委屈自己的性格，找不到成形的根源，勉強歸咎於在愛的環境下長大，容易看誰都是美好，習慣一丁點感動就掏心掏肺，哪怕隻身穿過別人的傷害，也願意將悲喜嚥進肚子裡。

太多的煩惱和焦慮就是源於過度自省，以為別人很在乎我，以為這麼做、這麼說別人會難過或滿意，以為做每件事都會有代價，以為凝視深淵，深淵有空搭理我。時時刻刻凌遲自己的意志和情緒，不斷反思，直到僅剩的勇氣再也不願跟隨我，在我最需要它的時候逃之夭夭。

行至此，回看過去，只緣身在此山中，皆是「以為」最害人。

人與人的相處，需要一絲忌憚感的拿捏，走進一段關係，如果讓渡自己，一定會落得委屈的下場。你所有的忍讓，在對方眼中是不會反抗；你的謙遜，讓他們坐在雲上嘲笑你的虛假；你的周全，是他們慢慢將你推離牌局的理由，他們更願意花費時間，去討好那些不害怕不要臉不著急的人。

這就是為什麼當你努力成為好人，只要偶爾壞一次時，就會打破所有的理所應當，再沒人記得你的好。而你若是一直邊界感分明，難以靠近，只要某天對外界施捨一點點的好，即使就是柔軟一下，他們就會對你另眼相看。原來你也挺可愛的，你的冷和刺，或許只是真實。

人與人之間的關係，說透了，就無趣了，還容易傷心。

如果要寫一句座右銘印刻在心上，我會寫：從今天開始，永遠把自己放在第一位，現在只想做一個人，就是我自己。

這一年，我除了關注身心，生活也做了一些改變。租了工作室，用來寫作、畫畫和辦公，我的工作方式和團隊規模，其實不必有實地的辦公場所，但正是太多不必要，成了拖延的藉口。我著實不喜歡一群人雲辦公，語音群聊效率低下，工作夥伴永遠是聚在一起才有無盡的行動力，散如滿天星斗，雲層滑過，別說抓住，見都見不著。

常用的幾個自媒體平臺，我努力做到使用自由，要麼不更新，要麼只發我想發的，偶爾點點讚，從不刻意經營。有些人接觸過幾次，深知不是同頻的人，那就保持這樣互相存在於對方通訊錄裡的關係，並不想更近一步。即使對方邀約見面吃飯，也拒絕了。

去理髮店洗頭，再遇到服務員推銷辦卡，我也不會硬著頭皮花錢，或者委婉地想一大堆理由拒絕，而是直說，我不需要。以及今年做了個重要的決定，換了工作上的合作夥伴，我不害怕結束，好的結束是發著光的開始，壞的結束是熄了燈的開始，至少都是開始，人要一直走在路上。

到了這個年紀，熱情和精力有限，不想再將注意力用在成全別人上，只想與外面美好的世界互動，做不到無賴，那就盡量讓自己舒適，學習木心先生，在百轉柔腸間一天天冷酷起來。

前些日子有個朋友進了派出所。起因是她在東城一家網紅店排隊買麵包，一個五十來歲的阿姨走到前面的男孩子身邊，想溝通插隊。我那女生朋友當即喊住她，說：「您要插隊，不能只跟前面的人說，後面都在排隊。」結果反被阿姨嗆聲：「你哪隻眼睛看到我插隊了，我是讓這小孩幫我買。」我那女生朋友做直播選品的，平日就與各大供應商唇槍舌劍，剛結束選品會，情緒還沒下頭，有理有據地指出問題：「都可以幫忙買的話，我們在這大冷天裡站著，是在加濕嗎？」

隊伍裡有人笑出了聲，阿姨覺得自己丟了面子，上前指著她鼻子嚷嚷，女生不悅，反問她要做什麼，阿姨竟然拍掉她的眼鏡，大罵她沒教養。女生反手兩巴掌搧了回去，阿姨傻了，捂著臉捶地聲聲叫喚。女生湊到她身邊說：「我今年三十歲，您多大？我還有幾十年時間學習尊老愛幼，只要您挺得住，今後我見您一次學一次。」

阿姨報了警，好在監視器記錄了一切，儘管先動手的不是我朋友，她也躲不過一場批評教育，還付了阿姨執意要做CT的檢查費用。事後，她說那家麵包並不好吃，搧人巴掌的那隻手抖了很久，但她很滿意當時的自己，沒有鈍感力，也有掀桌子的能力。

我們都應該練習喜歡現在的自己，畢竟那是吞了多少委屈，熬過多少孤單的深夜，被酒精洗禮，囫圇接受我本平凡的規勸，用力扯著笑容一塊一塊搭成的。不管有多少改不掉的毛病，有沒有那件孔乙己的長衫，我們最了解自己。

你不想說話沒問題，逼著你外向的人，他們的快樂太淺薄。對你冷眼的人，是他們沒素質，有的惡意就是惡意，你不用幫他們美化，這個世界對你的獎賞你可以分辨，不需要規訓來教導你。你不用敏感如晴雨表，誰對你冷熱，你能感受到。你沒有錯。記住，你並沒錯，不要重複在自己身上找問題。

什麼溫良恭儉讓，在這個時代語境下，不重要了，穩定發瘋也是一種情緒穩定。

關於自我修練，我有一個辦法，最近也在練習，以至待人接物時更加沉著。每日在鏡子前默默讚美此刻呈現的你，大到身上的病痛，小到臉頰上的痘，要像勸慰孩子一樣，讓它們不要胡鬧，我是不會放注意力到你們身上的，給我乖乖好起來。起心動念是因，將日常掛在嘴上的抱怨，「煩死了」、「太倒楣了」、「累死了」有意識地換成「挺好的」、「沒關係」、「真有趣」。出門戴些首飾，與自然接觸時多做深呼吸，不吝於誇獎和肯定他人，尤其是擁有正念的朋友。說話語速慢一點，聲音穩一些，走路步伐放緩，行動上也是，想像自己是個田園詩人。

一生提筆落詩行，要愛自己的平整，也愛自己的錯別字，愛自己的寬厚，也愛自己的卑鄙，愛自己的善良，也愛自己的瑕疵。盡情享受過程，冒險愉快。

紀念品

從某種程度上來說，

我戀物的程度，超過愛一個人。

從某種程度上來說，我戀物的程度，超過愛一個人。雖然不成癮，但也因為俗氣的占有，獲得過心理上的滿足。家中常見的，除了必要的擺設，有很多他人不理解的物件。來過我家的朋友，都覺得我是一個怪人。

在北京這些年，搬過五次家，一直留在身邊的東西不多，即使有投資能力，也不愛車和表，稱得上收藏的物件，買回它們純粹靠情感驅動。我太著迷於一件物品背後的故事細節了，不在乎實用或者邏輯，那種莫名其妙，反而在我眼中熠熠生輝。

做MBTI（邁爾斯－布里格斯類型指標，16型人格測驗）人格測試，我是INFP（調停者型人格），這類人有時可能會感到孤獨或隱形，更加沉溺於精神世界的漂泊。

確是如此。

寫這本書是人生階段性的總結，有一些精神紀念品想記錄下來。

我有一枝算作鎮宅的古董鋼筆，購於東京銀座的一家文具店。這家文具店我來過很多次，常逛二樓的書寫區。職業習慣，寫小說之前，我會在本子上記錄靈感，那是為數不多還能用到紙筆的時刻。科技是良藥，也是陷阱，如果注意力被電子產品切割得支離破碎，心流就會淪為可望而不可即的狀態，寫字能使我靜下來。

偶然在櫥窗裡遇見這枝古董鋼筆，體形足夠有分量，金屬質感的外殼，筆桿中央是愛因斯坦的肖像畫。我喜歡宇宙，但也就到喜歡為止，就像我了解愛因斯坦，也就到物理書上的相對論為止。偏偏我被這枝鋼筆吸引了，在它面前數次徘徊，心壁上像有螞蟻在爬，感到一陣陣的酥癢。

我讓店員將鋼筆取出來。店員戴上白手套，如同捧著一件珠寶，小心翼翼地遞到我手中。我握緊它，比想像中更重，翻個面，酥麻感瞬間直抵頭皮。愛因斯坦的背後是一幅太陽系星圖，一度讓我結舌。

我告知店員我要買下它。

這些年喜歡把錢用在提高情緒價值的東西上，不管它價格高低，可能是一碗碳水炸彈的麵，一束配色療癒的花，或是一些需要咬牙買下，又看似無用的東西。但能買得開心，讓我在重複枯燥的日常裡，又把自己愛了一遍，那就是絕世最珍貴的。

大概二十分鐘後，店員端著一個巨大的綠色盒子出來，裡面裝著我的鋼筆。一同來的還有一位女士，我英語不夠好，我們用翻譯軟體交流。她告訴我這枝鋼筆全世界只有二百八十八枝，筆身兩面的畫，是畫師用細毛筆在珍珠貝母上親手繪製的。在筆帽頂端，鑲嵌了一個字母，是愛因斯坦相對論公式的手寫原件。這家古董鋼筆公司在拍賣會上將原件拍賣下來後，切割成了二百八十八個字母，鑲嵌在每一枝鋼筆中，因此每一枝鋼筆都獨一無二。

我帶回這枝鋼筆後，至今未使用過，將它放在書架最顯眼的位置上，偶爾打開看一看，總有一種莫名的敬畏之感。筆桿冰冷，捧在手裡似乎有溫度。記得書中說，我們每個人都是神。福至心靈，身為這個時代還有人記得的寫作者，感謝宇宙恩賜的靈感。

與這枝鋼筆異曲同工的還有另一個物件。是一枚迪士尼在二〇一二年發行的徽章，我在一家專賣徽章的店裡發現了它。時代圈地，人人都有自己的樂趣，作為迪士尼狂熱愛好者，許多至今影響我三觀的作品都是動畫片，它們總能重建我的想像，綻放一捆巨大的彩色氫氣球，拎起我的周遭，帶我去更遠的未知之境。

這枚《怪獸電力公司》的徽章，中間嵌著一張原版的動畫底片，迪士尼將電影底片的每一幀畫面切割製作，限量發行。根據每一幀畫面的經典程度，在徽章收藏市場中價格也不一致。我的這幀正好是電影接近尾聲，毛怪蘇利文抱著小女孩阿布，要將她送回人類世界。

這枚徽章本是老闆的私藏，我與他攀談好幾次成了朋友，加之這幾年做生意不易，他才捨得賣給我。

對著徽章打光，這一幀畫面淡淡地投影在牆上，面前悶悶不樂的白牆瞬間生動，好像聽到阿布輕輕喊了一聲：Kitty。這部動畫是我的摯愛，讚嘆編劇的腦洞，竟然能以孩子的哭聲作為電力能量。我想不起那個在成人世界的門口推我一把，告訴我「向前走，去成長」的人是誰，狹隘一點，可能那個人就是我自己吧。

We scare，because we care（我們害怕的，正是我們在乎的）。保持成人的虛假謙卑和孩子的盲目自信是一種能力。

帶回家的每個紀念物，它們背後的故事更值得敘述。

在巴黎孚日廣場上有一間小小的畫廊，那年結束工作後閒逛於此，在門口的牆上，掛著一幅裝裱好的正方形畫作。基本藍打底，中間是水性顏料畫的紅心，筆觸隨意，但不凌亂，右下角有用金漆寫的法文「Amour（愛）」。特別之處是，心形之中黏著一塊白水晶，旁邊有一封用金絲纏繞的手寫信。我自然被這樣的趣味擊中。

店員是一位紅色鬈髮的女士，我與她寒暄許久，很想知道信裡寫了什麼。店員不清楚，問她有沒有折扣，她也不清楚。或許正是因為她的不清不楚，我決定買下這幅畫。臨走時我問她：「你有關於這個藝術家的資料嗎？」她給了我一本畫冊，摺口上有藝術家的簡介，沒有肖像，全是法文。我在Instagram（社交應用）上搜藝術家的名字，可惜網速慢，頁面始終刷不出來。

店員問：「你想知道什麼？」其實我也不知道自己想知道什麼，只是當與某件藝術品、電影、音樂、書籍產生連結時，就想看看作者是個怎樣的人，即便我們不會認識，即便我根本記不住他的名字，只是想確認一種名為「懂得」的量子糾纏。

見我遲遲沒反應，她指了指藝術家簡介，湊到我耳邊輕聲說：「我就是。」也就在這戲劇性的一刻，Instagram的搜索頁面刷出來了，頭像正是眼前這位紅色鬈髮的女士。我幾乎快哭出來（剛剛竟然在與藝術家本人砍價，太丟臉了），她比了個噓聲的手勢，與我擁抱，請人為我們拍了合影，還留了我的電子郵箱，說會將合影發過來。

她到最後也沒告訴我那封信裡寫了什麼。

這些年，這幅畫一直掛在我書桌對面的牆上，寫作到一半，每每抬頭定會留意，可從未有過拆開那封信的念頭。自己也創作，懂得每一處暗藏的玄機，也許是祕密，也許只是作者吐著煙圈子，在午後一個無聊的遐想。來信未拆，就是薛丁格的貓，擁有無限可能，這就是藝術本身。就像這些年懸置的價值觀，不討論對錯，不深究結果，人生便會通達許多。

法國人效率是真的低，大概過了半年，電子郵箱裡終於收到了那張合影。我們笑顏綻放，我抱著她包裝好的畫，嘴巴咧得很大，像是幼兒園小朋友得到了一朵小紅花。

我的書房不大，類似的字畫掛上，再加上畫架和書架，更顯得擁擠。但空間狹小有狹小的好處，感覺聚氣，自有一方小天地的溫馨。有陣子沉迷水晶原石，書房所見之處都堆滿了石頭，像個著魔的地質愛好者。在網上見著一外國老頭的照片，他坐在書桌前，窗外是遠山和湖景，身後的書架上擺滿了書和水晶。我幻想過，這大概是我老年的樣子。

那麼多心愛的石頭裡，有一塊是來自非洲納米比亞的幻影水晶，現在就擺在我的書桌上。goboboseb 礦區的水晶，人工開採難度大，礦晶產量稀少，每一塊煙紫色的水晶都是貴族。我的這塊形如心臟，是礦商在納米比亞一個部落發現的，不需要打光，只要對著陽光，內部晶瑩的骨架便清晰可見。內裡的包裹物有水膽、髮絲、雲母片、草莓晶，底部煙紫雙色縈繞，逐層如油畫顏料漸變，頂部是白色的骸骨開窗，像是火焰最外層的煙霧。

買回這塊水晶後，我一度對紫色著迷，新畫的畫中，也不自覺用了大量的紫色。畫裡的藍色小人叫「卜羅」，他騰雲駕霧坐在正中。待畫完之後，我發現雲朵的形狀很像佛陀的頭髮。

最近看過一部電影叫《媽的多重宇宙》，楊紫瓊主演的（修訂這篇文章時，她已然憑此片成為第一位奧斯卡華人影后）。這次觀影體驗讓我想到這塊水晶，本質是石頭，卻同時有絢爛，有療癒，有宇宙的年輪。影片中，從女主角開始變成功夫巨星、廚師、香腸人，直到石頭那一刻，我徹底對這部電影著迷，最後幾乎是大哭著看完的。

虛無是這個世界的終極真相，我們何嘗不是一塊石頭，但是當我變成某一個果殼宇宙，某一塊孤零零的石頭時，我也希望愛我的人在身旁。

某種程度上來說，我太需要愛了，它能讓我感受生命的旺盛，無論是給寫作提供靈感，還是給生活靈感，愛都能讓我知道自己是誰，以及讓我辨清去路。我書桌後面，堆了幾個大箱子，裡面裝著讀者的信，這不算我買回的物件，但絕對稱得上紀念。

相信這個世界上，不會有比作家更容易收到信件的職業了。不論是我的出版社，還是這十年間任何一次簽售會，都會收到成箱的讀者來信。一部分早年的信件在看過之後，隨著簽售行程和搬家的輾轉，都處理掉了。那時年輕氣盛，好糊塗的斷捨離。好在後期都將它們盡可能保留下來，尤其那些精心製作的影集，自己家中放不下就往老家寄。

我爸媽的房間有一個很大的洗手間，早年裝的浴缸，現在成了讀者的來信收納缸，大半個洗手間堆滿的紙箱中，裝著讀者送來的物件。曾經開過玩笑，說等到了老年，我要將這些影集和信件集結成一個展覽，不知這是否稱得上愛在流轉的證明。

困在家中這三年，我常翻出這些物件看看，影集冊子裡記錄了每個時期的我，或是每個時期的他們，還有用自己家鄉的景點照片做成旅行攻略的，希望我行至他們故鄉的時候，不會感到陌生。有的讀者附上了很多花稍的貼紙、手工和素描。想像他們為了見我，提前幾天甚至數月，窩在小小的桌前，手指頭黏滿膠水，鼻尖蹭上墨水的模樣，心裡再多雲雨也晾乾了。

讀者的信，大多是與我相遇的敘述，在某本書中，或是某個節目上，可能某句話走進他們心裡，也可能我就是站在那裡，一個眼神，一次微笑，成為他們心中可以寄託的互聯網月亮。

有些信則是日記，厚厚一疊，裝得信封鼓囊囊的，我可太害怕是一疊鈔票了（聽說有位作者簽售的時候，有位老太太直接給他甩了一包錢就跑了，也許是像看待孫子一樣，給予洶湧的愛。那位作者為了將錢還給老太太，還造成不少困擾）。另外還有一些，他們將我視作樹洞，也不期待我回覆，將難以啟齒的情緒悉數說了出來。有個患了妥瑞症的男孩，來信希望我看過之後，發微博的時候能多加個笑臉，當作暗號，給他鼓勵。我覺得有趣又療癒，那個「呵呵」的微笑臉有種正經的可愛，後來成了我發微博的習慣，希望他看見了。

夾在信中的附件，往往更特別。因為我支教過，有人也隨我去了山區，送上了他們的學生畫的畫。還有人以我和讀者的名義做公益，送來了捐贈證書。以及各大名校通知書的影印本、自己寫的劇本、懷孕五個月的B超、第一份工作項目的PPT……總之人類多樣性的可愛，都在這群傢伙身上體現得淋漓盡致。

這些年有的讀者成熟了，可能不再需要我，便將我留在了昨天。這樣也好，曾經在我們見面時他們投遞的那封信，我替他們記得。借用錢鍾書先生的話說，約著見面，就能使見面的前後幾天都沾著光，變成好日子。

我們都有過共同的閃閃發光的日子。

想記錄的精神物件暫時寫到這裡，其實還有一些，但真的要敞開寫，也許會占據半本書的分量。

在世間行走，除了肉身，我們一路都在收集外物。當你擁有了一件東西後，發現得到後的感受不過如此，證明你其實根本不需要它。但如果有一些東西，你得到之後愛不釋手，證明是真的愛。物如此，人也是。

看過一本書叫《雲彩收集者手冊》，裡面記錄了各式各樣的雲。我願意在我之後的生命路途裡，將一本收集手冊放在腦中，用來記錄我收藏的一切，即使去往彼岸之時，什麼都帶不走，也沒關係，人都是靠回憶活著的。

行車記

有時候你的慌亂無措，其實是你的參照物錯了，
向另一邊看看，也許就知道真相了。

我不愛所有需要自己控制的交通工具，尤其是車。

大學學車，幾乎是父母連哄帶騙去的，說這是每個應屆畢業生必須自帶的技能。好像我們這些年在試卷堆中臥薪嘗膽，逃脫精神樊籠，最終奔赴的崗位都是司機。

科目一是盲考的，前一晚翻了翻書，成績當場出來，不及格。走出考場才知道如果科目一兩次不通過，考駕照的資格作廢，學費不予退還。為了維護少年的自尊心（以及沒錢補妻子），我向父母撒謊，假裝過了考試，私下偷偷又報了名。沒有退路之後，第二次以九十九分的高分過了。

人都是如此，在死要面子的母題之下，能激發無窮的潛力。

教我的駕校教練早年是脫口秀演員，罵人的一招一式迥異於常，句句是諷刺的藝術。我只要想到教練千溝萬壑的臉，就能感受到餘音繞梁的震懾力。駕校場地撞上的每個輪胎，都見證了卑微到泥土裡的我，開不出花，幾近崩潰。

尤其是到了第三階段的路跑，教練帶我們去外面練車。成都四面環山，往外一開就奔深山老林去。將暗未暗的天色瘆人，自有一種蠻荒的慘遭遺棄之慨，心中的不安無處可遁。

晚上過夜，其他兩個同行的學員配好對，我只得與教練一間房。教練有統一制服，掛在牆上，月色籠罩下形如鬼怪，再配上隔壁床時不時傳來的打呼聲，完全是沉浸式的恐怖片。我不敢闔眼，滿腦子都是他的叫罵聲，至今仍感後怕，比我正式考試忘記掰回轉向燈還要怕。

與車結下的不解之緣影響深遠。畢業那年原本計劃要去英國讀研，父母七拼八湊準備好積蓄，半路因為我寫的小說被出版商看中，以為能成作家，與他們深談後，我決定放棄出國，去北京發展。

後來他們用那筆積蓄買了輛車。

直到我今年回家，我爸仍然開著這輛車來機場接我。我離家這些年，他從未伸手向我索要任何東西，還嚴肅地與我討論過，不許給他換車，先斬後奏也不可以，無須以孝順之名給他驚喜，他是真的不需要。

印象中，他很喜歡車，也不是那麼堅決的人，其實這一直是我的疑惑。有一回他喝多了，我才在電話裡問清真相。他知道我從小主意多，三分鐘熱度，害怕我變卦，所以總是習慣留一個保底方案，讓我有後悔藥可以吃。放棄出國去北京那年，是我第一次離開他們，他們決定花光積蓄買下這輛車，親手斷了這個保底。他許了個願，只要這輛車在，兒子便不會回頭，我選的這條路，只能，且一定是正確的。

這是一場與未來孤注一擲的對賭。

我爸的那輛車上，有股特別的味道，從前覺得是皮革香味。後來懂了，是這輛車背後情感的馥郁。

北漂十年，出行都是叫車，即使後來有了條件，也從未考慮過買車。駕照中間換過一次，但幾乎不碰車，偶爾開過一兩次，油門和剎車的左右位置都記不住。堵車路上看到不守秩序的司機會動氣，聽到有人隨意拍喇叭會頭疼，最怕停車，碰上位置逼仄的車位，恨不得前後給人家撞開。

還是別給交警添麻煩了。

說來可笑，以我這樣與車八字不合的人設，早年竟有一個汽車品牌找我合作，除了寫文案，還需要出鏡給他們拍微電影。好在不用我開車，做乘客我是很專業的，但請來的拍攝導演不專業，第一次見識到把微電影當vlog拍的。到了現場我不知道要拍什麼，他也不知道要拍什麼，走到哪裡，等到哪裡，拍到哪裡。

他突發奇想要拍日出，也不關心天氣的臉色，凌晨四點讓我們站在海邊，狂風吹得人無法睜眼。終於等來日出，空中烏雲密布，連一絲金色的痕跡也沒有，了無生趣。攝影機開著，沒詞，全靠我們即興發揮。我哆嗦著身子，努力找補：「每當遇到陰雨天，就努力做自己的小太陽！」

那時我深刻體會到那些對雞湯深惡痛絕的人的心情，因為連熬煮雞湯的人自己都不相信。有些殘言斷句，全都是倖存者自鳴得意的彙報演出。

噩夢結束，穿了兩天的短袖都臭了，我帶來的好幾件衣服全無用處。洗完剛晾上，導演突然說要接戲，必須穿回那件短袖。當時與我一起工作的小女生傻眼，被導演責問得啞口無言，畢竟這兩日都沒人提過服裝要求，更何況究竟哪裡來的戲？我見不得自己人被欺負，與導演溝通，他說不出一二，還以極度不耐煩的口氣命令我即便穿濕衣服也得拍。終於，積壓的委屈傾瀉而出，我以初生牛犢之姿，與導演在現場大吵，不顧什麼專業與情面，正氣凜然地宣洩一通。

我是淚失禁體質，嗓門但凡大些，就會變成哭腔。含著淚，當下折回酒店，什麼狗屁廣告，要站著把錢賺了。

事後客戶來調解，等雙方情緒平復，再見到導演，他像是換了個人，後面的拍攝忽然有了腳本，終於知道接下來要拍什麼。我穿著那件濕漉漉的短袖，坐上副駕，同行的演員也很尷尬，只得裝作無事發生。

這次拍攝，只需要我們在路上行駛。我忘記那天我們在車上說了什麼，臺詞都是臨場想的。車是好車，可回憶真的是一場糊塗。

室友的媽媽買了這輛車，說就是因為看了我的廣告。其實廣告成品還不錯。換作現在的我，時光湮滅年少的輕狂，可能再也沒有爭論的勇氣，只剩下不滋生事端的中庸。在情緒上頭之前，就已經與導演共情，或許他也有難言之隱，畢竟最後對成品負責的是他。

當時的我沒錯，但欠導演一個道歉，不過也不重要了，後來我再也沒見過他。

看《人生無限露營車》。老夫妻在彌留之際，駕駛一輛房車，從麻薩諸塞州一路南行。電影裡風光旖旎，一車兩人，甚是瀟灑。以致我對這樣一輛可以自己命名並打理的房車，嚮往過好一陣。但也就停留在嚮往了。肉體凡胎盡是被俗世的煙火氣纏繞，有錢買嗎？有錢了之後有時間嗎？有時間之後有勇氣出發嗎？有勇氣之後有計劃嗎？有計劃之後有人陪你嗎？說到底，還是自己不想改變。

一個人真想改變，除了你自己，沒有人能阻擋，世界會化作一行行輸入鍵，痛苦變成句號，風雨避開你的頭頂，宇宙會為你讓路，去最遠的星球都不是問題。

後來將駕駛房車的體驗寫進了書裡，似乎也了卻心願。我這職業最大的受益，就是所有生活中實現不了的事，皆可在虛構的故事中實現，即使這是被大家提前承認的謊言。

二〇二二整年都乏善可陳，生活的大廈稍微鬆動，便有將傾之虞。我仰仗玄學，在廟裡求了個平安符，隨身放在包裡。沒過幾日，與朋友們自駕去古北水鎮，行至高速，前車突然向右避閃，露出前方一輛正在減速的車。因為距離太近，幾乎只給我們兩三秒反應的時間。駕駛座的朋友將剎車踩到底，無用，狠狠撞上前車。

身體伴隨著強烈的震蕩，四周氣囊彈出，將身體牢牢裹住。剎那間，耳膜盡是電影中那聲混沌的長鳴，濃重的工業氣味竄進鼻腔，車內滿是煙霧。我好幾秒之後才緩過神來，與朋友們確認安好後，慌忙下了車。車頭盡毀，整輛車近乎凹陷一半，好在人無大礙。

在車尾放好三角警示牌，我們一行人躲在高速一側，等待交警。二月的天氣乾冷，高速上車來車往，速度豪邁，每一輛從我們身邊飛馳而過的車，像是撥開冷風支楞而出的一記耳光，餘威掀起水泥地，身子也跟著一下下震顫。

天色漸暗，那塊小小的警示牌看著也不保險，想起後備廂裡有一張大紅色的折疊麻將桌，我們便將麻將桌豎著立在車尾，這才安心，只是真的太荒誕了。朋友哀嘆，這是他可怕的本命年。我看著呼嘯而過的車輛，心有餘悸，想想如果方才我們後面也有車，也許我們就被夾成三明治了。無意間，我摸到包裡的符，默念了好幾遍平安。

自此以後，坐車再也不放肆，安全帶一定綁好，提醒司機注意車距。車禍後落下的病根，變成種子栽在心海裡，我這類容易幻想的人，只要上高速，腦子便不由自主地杜撰禍事。害怕悲劇重演，毛細血管擴張，恐懼不止。

有一次練車，剛入庫準備停車，突然感覺自己的車不聽使喚地向後退。車禍的後遺症上頭，我慌了神，瘋狂踩剎車，拉手剎，心臟幾乎要跳出來。

其實車子沒動，是我剛才一直盯著右邊，剛好右邊停的車正啟動向前走。純粹因為腦霧帶來的視覺差，真是太可笑了。

有時候你慌亂無措，其實是你的參照物錯了，向另一邊看看，也許就知道真相了。就像生活中看似一件壞事，先不著急妄下結論，自亂陣腳，或許換個角度看，其實一切安好，你要做的，是只需讓它發生。

明明是自己笨還硬總結出個道理，也不算虧。誰都可以嘲笑我的愚痴，但不能嘲笑寫作者的自省。

陽光燦爛的隨想

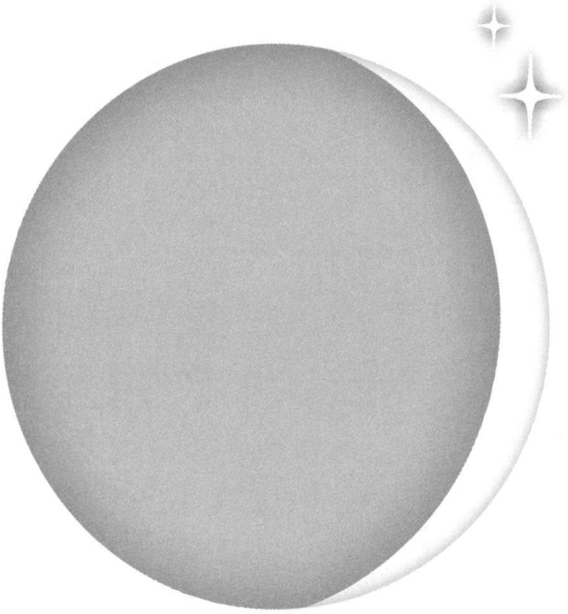

現實世界的悲歡之下，我們的生活帶著炎症，
休息一天都會恐慌。

記一夢境。

身處森林，四周都是叫不出名字的植物，枝葉葳蕤。伸手撥弄，如浪潮一般蕩漾起漸層的綠。邁出的步子不大，走兩步便能飛起來，不是俯瞰地表的高空飛翔，而像踏單車，需要雙腿費點力，才能微微騰空。我逐漸掌握這樣緩飛的本事，不覺得累，反而感到舒適安寧。

我認為自己有控夢的能力，往往晨間時分的清醒夢，只要我意識到，都會職業病上身，將夢境帶到一些波瀾詭譎的劇情中去。像是如果預料到自己會飛，下一秒一定去拯救世界，或者安排被追殺的戲碼。

這次的夢境，記憶很深，就是單純地飄。蹬兩步，騰空，落下，然後繼續在堅硬的土地上邁步，不疾不徐，像是文藝片中一段景別不變的長鏡頭。

醒來後，身子自覺輕盈。我躺在柔軟的床鋪上，空調過分制冷，裸露在外的手臂關節凍得有些發麻。伸起懶腰，放肆的哈欠打至一半，瞥見床頭那尊長滿斑痕的佛頭，乖乖閉上嘴，將空氣嚥了下去。要更禪意禮貌地對待這個早安。

木質結構的房間遮光不是很好，陽光一早從門窗的地縫裡探出來，晃動的植物或者敏捷的野貓，時不時打上流竄的陰影。這段時間在普吉島寫作，許久沒出國，從冬季的北京轉到氣溫灼熱的熱帶地區，身心整體都徐徐展開。推開門，院子裡獨有的蘭花樹香氣馥郁，神清氣爽不少，服務生正用落在地上的蘭花做項鍊裝飾，已經習慣彼此問候一句「薩瓦迪卡」。

在普吉島的日子很規律。早晨空腹去健身房的跑步機上走半個小時，不敢跑，聽說新冠的後遺症會傷人心，倒也成了我這種逃避運動的人最佳的藉口。酒店過於豐盛的早午餐，往往能讓人撐到下午。年紀漸長，飢餓感少了，從什麼都往嘴裡塞的狀態，變成精準的「16＋8」（一天內十六個小時不吃東西，只在八個小時內進食，聽說不僅有效瘦身，也對健康有益處。只是聽說，別盲目學習）。下午去公共休息室寫作，臨近日落，去泳池裡撲騰一會兒。

常說日復一日的日子，容易讓人產生倦怠感。海邊生活有這樣的魅力，即便什麼都不做，也不覺得煩悶無趣。我可以用蹩腳的英文與服務生談論一天的樹，在沙灘的躺椅上看一天的海，看地上蠕動的毛蟲，發漫長的呆。

同行的朋友很愛玩二選一遊戲，問我，如果人生地圖就是普吉這座小島，不能出去，然後送我酒店一隅安逸的豪華洋房，家人朋友也可以來看望我，用這樣的生活與我現在的生活交換。換不換？

以前的我，第一反應肯定是拒絕的，對這種極端的幸福有敏感的警覺，害怕持續性的高潮，會變成一條索然無味的直線，有低潮做對比，才有分辨幸福的能力。換作現在，竟有一絲遲疑，直線也挺好的，我們就是太激蕩，反而很難回到那種心底暖和而清淨的狀態。

早幾年汲汲營營地奔波來去，害怕浪費時間。忙碌換來的所得，無法消解情緒的苦症，於是看了很多道理，佛法也看。心殊勝，萬物則殊勝，心莊嚴，娑婆世界也莊嚴。字字句句都懂，看似巨大的碗盞，卻盛不下現實世界的柴米油鹽。

想起寫《你是最好的自己》那本書時，近乎是雞血打滿，鬥志昂揚的狀態，現在捨得放過自己，不追求「最好」，急事緩做，承認在取得一定結果之前，時間就是用來消磨的。

去年消磨了半年的時間研究水晶。不單是裝飾用的珠串，還成箱往家裡買水晶礦石，研究人體的脈輪，試圖用晶石傳說的能量輔助冥想。奈何才疏學淺，摸不清門道，可能還是被俗世的貪瞋痴裹挾，閉眼後還沒來得及整理思緒，就秒睡了，實在悟不出個一二。

作罷，單純就是喜歡各種礦石內藏的肌理。用手電照射後，光線穿破包裹的物質，呈現如油彩般的天工造物。穿越時間的霧靄，似乎能在它們身上看到山川湖泊，每一次洋流與地殼運動，瞥見億萬年前到訪的隕石和怒吼的火山。

每一顆晶石特定的生長規律是造物的祕密，它們在地下經歷長久的孤獨，然後在某一天，被人開採，經過緣分的流轉，出現在我手裡，呈現出宇宙的幾何。說它有用，未免牽強，說無用，但的確因此身心愉悅。

這個感官世界，無關乎目的的喜愛才勇敢，要消磨也要用自己喜歡的東西來消磨。我向來是不愛跟風的，不會看書單推薦，愛看的書都是我看得下去的書。沒有好電影，就反覆看過往中意的。不用擔心無聊，現代資訊豐富，腦中自有橡皮擦，每一次幾乎都當新電影看。

看過很多遍的電影和書，都是我認為的佳作。其實每次看都會打擊自信，尤其身為創作者，難免為別人筆下的結構和足夠成熟的工業嘆服，還寫什麼書，還拍什麼電影，天賦根本配不上熱愛。可轉念想，天上那麼多美好的星星，不耽誤你滿船清夢，有些時候或許更適合仰望。

說到仰望，有人過分在意自己的外貌，因為一丁點瑕疵和缺陷就挑剔自己。容易被別人影響，看到一種生活就羨慕，狼狽地模仿那種精緻生活，超前消費，買回一堆不適合自己的東西。等再看到物欲極低，鈍感又鬆弛的人，又覺得這樣的才是理想人生。這到底是取悅自己，還是骨子裡對自己的否定和不接納？

我不太能抽絲剝繭地解釋何為「愛自己」，只能說愛自己的一個表象，即越發了解自己。你喜歡聽什麼，看什麼，思考什麼，這與他人的評斷和建議全無關係。比如忘記我從哪天開始，像是被仙度瑞拉的仙女棒點了腦袋，對人活著的意義又有一些亮晶晶的看法。從前喜歡探究廣度，盡可能多看世界，三五天遊玩不同的城市，崇拜那些天文地理通會的百曉生；現在更講究深度，願意浪擲時間，只做一件事。

眾有千萬首詩歌，一卷書有一卷書的煙波，若執筆，你有自己的耿耿星河。

想起二〇二二年春天的一則新聞。NASA（美國國家航空暨太空總署）宣布有一顆人類發現的體積最大的彗星，正在以每小時約三萬五千千米的速度從銀河系邊緣向我們飛來。底下最高讚的評論很可愛，說菩薩保佑，一定要撞上。

遺憾的是，這顆彗星靠近太陽系中心要到二〇三一年，離地球的位置也很遠。所有的災難，都是宇宙的試探。

現實世界的悲歡之下，我們的生活帶著炎症，休息一天都會恐慌。我讀不懂宇宙的玄妙，弄不懂那些專業的熵增原理，我只相信，宇宙的大爆炸並不是一切的最初，更高維的時間軸是循環往復的，從混沌之初到萬物盡毀，不過只是一面，它會翻回去重來。

此刻正在看這行字的你，你珍貴的愛和恨、流下的眼淚、罵過的髒話、離開的親人；三毛每想荷西一次，從撒哈拉的天空飄下的沙；富人的欲望相撞，抖落滿地的霓虹；早起的清潔工踩過的他人的門前雪；百慕達侵吞船隻的三角洲；意外被人拍下的不明飛行物；南極大陸上不小心滑倒，跌入海洋的一隻蠢企鵝……萬物如此，每一次你以為的盛大和潦草，都在時空的分身中成為一枚小小的軸承，機械式地在無限循環的齒輪中轉動著。不值一提。

天文學家說，會與地球發生碰撞的天體，如果隱藏在太陽的背面，那麼人類有可能在其與地球發生碰撞的前三天，才得以知曉它的存在。

一腔熱血的北野武在自傳裡寫，他會在地球毀滅之前爬上屋頂，喝著老酒望著天，嘴裡嚷嚷著：「嘿，你就來吧！」我想起初到北京那年，還未拆遷的三里屯髒街有一家叫「二樓」的酒館，店酒名曰「寶貝睡三天」，其實就是混酒加倍再加倍的長島冰茶。如果三天後地球要毀滅了，我也要學北野武喝老酒，就喝這個酒，然後在彗星撞地球的那個瞬間醒來，我想看到人類共同的沉淪，終於可以讓身體裡那些振動的原子回歸到宇宙中去。

重複活一次，再行至這個年歲，仍然會覺得很多事沒那麼重要了。

思緒飛了很遠，被一隻飛進屋裡的蜜蜂打斷，牠的翅膀碰觸門框，發出陣陣聲響。

來普吉的日子已經過半。島上可選的住處太多，以我的性格，下次再來，肯定會選個不一樣的地方。有些地方此生只會來這一次，走的時候應該有點傷感，但我知道以後再看這篇文字，滿目皆會是過往重現，肉身來不來，又有什麼所謂？

宇宙中很多個忙得死去活來的我，也這樣認為。

眼睛說再見

你以為做好了萬全準備，

該找上門的坎坷，仍然準點報到。

眼睛是心靈的窗戶，我的窗戶早在小學三年級就破敗了。我父母都近視，這麼明目張膽的顯性遺傳下，全家過分自信，放任我刷了太多遍《新白娘子傳奇》、《西遊記》。我還一定要杵在電視機前看，好像白素貞施的每個仙法都能擊中我，唐僧放走的每個妖怪都與我有關。

小學三年級，我坐在教室後排，看黑板上的字越發模糊。我以為這是長身體的一環，沒與任何人說，努力虛著眼，搖頭晃腦跟上老師板書的節奏。直到老師向我父母告狀：你家孩子上課為什麼要朝我做鬼臉！

天大的冤枉。父母帶我去市區的醫院做檢查，我光榮確診近視，不得不配眼鏡。從醫院出來那一刻，我們仨就是齊齊整整的一家人了。

我是我們班第一個戴眼鏡的，他們看我像看動物，只要視線觸及我課桌的方位，都忍不住打量幾眼，還給我起了一個幾乎所有近視的人共享的外號——四眼田雞。我徹底成了班上的異類，難堪程度不亞於每天穿著裙子上學。為了挽回一個八歲孩子的自尊，我只在上課時戴眼鏡，只要下課或是放學，就以迅雷不及掩耳之速摘掉，及時止損，保證不再有更多人見到我的四眼。

後來的結果就是一摘一戴之間，近視越發嚴重，之前配的眼鏡不到一年度數就加深了，上課戴眼鏡再虛眼，那位告狀的老師心靈會二次受創的。無奈，只能長時間讓眼鏡焊在鼻梁上，我每推一下鼻托，自尊都在哀號，比起關上的窗戶，小小年紀的面子更易碎。

因此，我變得更加內向，刻意與同學們保持距離，上學放學孤身一人，回家也不想說話，第一時間躲進廁所，偷偷照鏡子。取下眼鏡，鼻梁上被壓出了兩塊小小的凹痕，我用力抹平，鼻梁都搓紅了，再看手上的眼鏡，怎麼看都像是個張牙舞爪的怪物。

那時我怎麼能明白，能夠與別人不一樣，是長大以後終身追求的事。

外公看出我的心思，某日放學，他在學校門口等我，笑得陽光滿溢，臉上架著他看報用的老花鏡。那副眼鏡我戴過，特別暈，他說沒關係，這樣我們爺孫倆都不奇怪了。

他帶我去我最愛的川菜館子（外公從不上館子，我記憶中為數不多的幾次堂食，都是家人拖他出來的，他對食物偏執，只愛吃自己和外婆做的菜），火爆腰花炒得油光亮的，魚香肉絲配白米飯吃，特別香。兩碗飯下肚，再來一碗番茄蛋花湯暖胃，肚子一定要吃成圓鼓鼓的，一頓午餐才算了結。

我與外公啜著湯，再一抬頭，我倆鏡片上生了霧氣，外公笑我，我也笑他。說來奇怪，小時候的不愉快，很容易被轉移，長大了同樣是雞毛蒜皮的感受，就容易裝在心裡反覆咀嚼，直到將情緒逼入一個負面的境地，感覺全世界都對不起我。分明是自討苦吃。

那頓午餐，外公幾乎沒怎麼吃，他說不餓，現在想來，定是那老花鏡讓他暈得難受。

這天之後，我不再抗拒戴眼鏡這個事實了，我的自卑不是一副眼鏡帶給我的，而是心底對自己的不認同。與自卑說再見，需要時間，那時年少，我還有很長的路要試煉。

近視眼的世界很奇妙，一切都是虛焦，看萬家燈火不是燈火，而是發光的星球。遠山的面貌以另一種三維方式堆疊在我的腦中，深冬見路旁的樹枝更是乾枯，夜空的一輪圓月，看起來像一朵盛開的花。

我這眼鏡一戴就是十幾年，兩塊鏡片將外面的世界拉向我，鏡托上的油漬，擦過的眼鏡布，還有不斷上升的度數，共同陪我度過整個青春。

有一副陪了我很久的黑框眼鏡，在汶川地震時被同學踩碎了。我的高三很特別，學校在對面的辦公大樓裡單獨租了一整層給我們高三部，每天上學像是上班。辦公大樓就四層，沒有電梯，上下只有一處樓梯。

地震時，我幾乎是被推出教室的，來不及做反應，眼鏡掉在地上，我能看見它死在某只耐吉鞋下，想彎腰去撿，被後方更大的力推開了。我用力瞇起眼，前方的樓梯口堵滿了黑腦袋，樓道裡盡是此起彼伏的尖叫聲，房子還在震顫，看不清希望。

直到一個女同學拉住我，說逃生通道開了，我們落在隊尾的一群人回身向更深的走廊盡頭跑去。從逃生小門來到大街上，熟悉的街口一片狼藉，車輛錯落，行人抱團，還有圍著浴巾光著膀子下來的人。我與那個女同學並肩站著，腳下的地面似乎還在晃，耳邊有轟隆隆的聲音，我雙眼模糊，心懸在半空，身子站不穩。

從未見識過地震，只在地理課本上學過，親自感受，著實恐懼。我驚魂未定，女同學握住我的手，說：「這下我們都是過命的交情了。」

我們後來真的成了很好的朋友，即使不在同一個城市，也保持線上的良好互動，我拉她給我就職的公司做遠距兼職。直到我出書，離開了之前的公司，又碰上幾年的忙碌，我們聯繫漸少。等到她再主動聯繫我，只有一句：「在嗎？」這兩個字讓我心頭一緊，果然迎來下一句，問我借錢，一開口就是一百萬。我不是印鈔機，當然拒絕了她。

非常現實，我們的聊天記錄，也就停在了那天，再沒有新消息了。

真正的告別，就是這樣平靜，像是在一個如往日一樣的清晨，有的人和事就留在昨天了。

要將一個人看清楚，就要和他保持一定的距離。想起地震時，她握著我的手，臉上的五官在我眼中模糊成一團。看不清也挺好的，至少在那個時候，分離的五官失真，我能在腦中描繪每個部位的神奇。一旦看清楚了，反而就現實了，眼睛鼻子嘴巴，隨處都是爪子。

第一次戴隱形眼鏡是在大學，瘦下來之後愛美了。室友陪我在眼鏡店戴了半個多小時才戴上，幫忙的店員額頭沁出了汗。我眼睛不爭氣，只要感覺鏡片貼過來，就抗拒閉上，瘋狂流淚。

隱形眼鏡與框架鏡的視界不同，那枚透明的鏡片附著在眼球表面，萬事萬物被放大，原本被拉長變形的邊角，伸展成一個舒適的平面。想起那些年小阿姨在屋裡搗鼓隱形眼鏡的畫面，科技改變生活，我應該早點參與。

摘掉眼鏡的我像被解了封印，看著鏡中的自己，萬分歡喜。過往很少與鏡中的我打交道，更加不會注意自己的雙眼。原來我的瞳仁是淺褐色的，外緣的一圈黑很顯眼，不經意看像是戴了彩色鏡片。休息不好的時候，雙眼皮會變成腫眼泡，但只要微微仰起頭，便能看見雙眼皮清晰的皺褶。

你想要什麼，宇宙會拚命來幫你，但前提是，先真心地喜歡自己。那時還不懂吸引力法則，單純是天時地利的迷信，運勢真的好了許多。學生會升了職，朋友也變多了，感覺走在路上都會有人看我兩眼。我愛寫博客，一篇簡單的隨筆，動輒被推薦到新浪首頁上，現在再看那些字句，雖然為賦新詞強說愁，但也有難得的少年才氣，放在現在的自己，還真寫不出來了。

也是同年，我談了場戀愛，與佳人電光石火。每日回寢室，從眼睛裡取下鏡片，耐心用護理液清洗，裝進小盒子裡，一副兢兢業業呵護愛情的樣子。那時不知天高地厚，卻在心上人面前不知所措，半天說不出一個字，第一次說愛，是用我的眼睛。

大師周國平說得好，眼睛是愛情的器官，其主要功能是顧盼和失眠。

只可惜，還是我們年紀太輕，喜歡一個人時不留餘地，經不起平淡，很快就被日子打碎了。分手後適應了好一陣子，看到好玩的東西，總想第一時間與對方分享，但只能愣在原地，因為我們都不再擁有彼此了。

這之後，我很少再戴黑框眼鏡了，即使一天不出門獨自在家，也戴隱形眼鏡。我以為隱形眼鏡就是一件穿在眼表的衣裳，但其實是向未來提前透支的美麗。有一年閒來無事，在家重溫《鐵達尼號》，哭到隱形鏡片掉出來，就再也戴不回去了。眼睛像被灼燒，莫名疼痛，在鏡前一看，紅血絲像是蛛網爬在眼白上。去醫院檢查，醫生說我是結膜炎，外加嚴重的乾眼症，建議我不要再戴隱形眼鏡了。

我難過的不是眼睛生病了，而是我才意識到，原來我青春的時候，也曾上過那艘船，有一個互相討論你跳我也跳的人。很多時候的愛情，在當時看不清楚，要以後才看得到。

黃昏徐徐降臨，眼睛不像從前那麼年輕了，有些人就是放在回憶中了。問我遺不遺憾，多少是有的，遺憾在於回望那些感情時，人事已非，而那段鮮活的愛，最後只能淪落為稱手的教訓，提醒自己在愛的時候，別忙著找不愛的細節，不愛了，也就別再搜索愛的痕跡。

我沒戒掉隱形眼鏡，就這麼停停戴戴，又過了多年。我不知道別人，當我心情不好的時候，喜歡拿自己開刀，要麼瘋狂正骨，要麼瘋狂健身，我只能透過外表體徵的恢復和變化，來證明自己一天天活得有意義。

臨近春節，動了個大刀，做了近視手術。我的眼睛條件，只能做晶體植入，簡單來說，就是在眼球上劃個口，放一塊永久的隱形眼鏡進去。之前衝動過好幾次，都在臨上場時找各種藉口脫逃了，這次沒多想，做完全面檢查就繳了費。

手術當天，我躺在手術臺上，散瞳之後眼前盡是霧，厚重的紗布蓋在臉上，露出一隻眼睛。手術刀在我眼前劃開紗布，我能看見醫生拿著各種工具向我靠近，眼睛頓時傳來一陣壓迫感，所見是小時候看的萬花筒。畫面如此詭譎，可我不怕，也感覺不到疼痛，因為在那一刻，我好像看到了宇宙。

有一種說法，眼睛其實就是宇宙，而宇宙是「別人」的眼睛，正如閉眼的時候，那些散漫的光斑和形狀，就像是宇宙的一部分。科學層面的解釋，我們看到那些點狀或片狀發光圖案的現象，叫做「光幻視」，像做眼保健操那樣捏捏眼皮，給眼睛施加壓力，也可以快速引發光幻視。這只是神經系統的幻覺。但我還是想詩意地承認，出現在眼中的這些猶如細胞、花朵、雲霧、飛蚊的圖像，可能就是某處星空的位置。

手術恢復期間，不能常看電子設備，一個人待在家中，有一種被拋棄的感覺。想起那個在荒廢的地球收拾垃圾的瓦力機器人，撲閃著兩個大眼睛，他哪裡懂得孤獨，只有在遇見伊娃的時候，才明白了孤獨。

還好時間不是消耗，而是完成，足以讓我們接受孤獨，適應孤獨，與孤獨共生。隨著眼睛恢復，日子漸漸明朗起來。近視手術只是矯正了我的近視，但眼睛落下的病症還在，我仍然三不五時往眼科醫院跑，醫生說我眼睛的瞼板腺幾乎完全閉塞了，得靠人工瞼板腺按摩，將淤積的分泌物擠出來，還要保持一週一次的薰蒸。

人類最依賴習慣，即使明明是習慣造成的傷害，只要不去想不去看，太陽照常升起。

最新的眼睛檢查報告說我眼內晶體的位置良好，只是左眼的拱高數值降低得有些快。這個可以粗暴理解為，晶體植入後的眼睛像個漢堡，有人在按壓它，漢堡愈來愈扁，最後會不太好吃，哦，不是，會提前變成白內障。

常看的辯論節目裡，題目會設置各種奇葩的按鈕，什麼按一下前任的生活就會雞飛狗跳，按一下全人類的知識可以共享。如果有一個按鈕，按一下，我會永遠健康，火眼金睛，我一定大按特按，用筋膜槍按。但如果問，有一個按鈕，可以讓你忘記那些傷心的人與事，我可能會有所遲疑。畢竟我多麼感謝曾經這些豐富的體驗，就算結尾不那麼美好，至少我也親自說了再見。

我不愛做計劃，更不擅長未雨綢繆，我的天賦就是好好感受那麼多過去換來的現在，失天免疫父母的嘮叨，什麼養孩子防老，別去夜店少冒險，你以為做好了萬全準備，該找上門的坎坷，仍然準點報到。不考慮來日，等不了方長，我永遠也不會為了最後那二十年糟糕的生命質量，犧牲此刻本該享受的體驗。

身體是心智的僕人，心的養成比較重要。

這一年，我經常去公園，北京的公園都好大。

在北海公園划船，擠在景山公園的人堆裡看落日，去玉淵潭的櫻花樹下拍照，享受這些最好的樸實的瞬間，以彌補之前都沒有真正睜開過的雙眼。

滿意人生

我更喜歡用「滿意」來形容人生，
它是一種向內的詢問。

十八歲的成人禮上，有位市區來的心理專家，讓我們想像一個關於未來生活的畫面。我印象頗深。

那段時間，所有人淹溺在油墨味的試卷裡，頭上的老風扇悶悶不樂地轉著，斑駁的牆壁醞釀著一場告別，那個蟬鳴的夏天特別漫長。我站在隊伍中間，用力收緊被太多滋補高湯撐大的肚皮，緊閉雙眼，幻想了好長一段時間的未來。

我天生是個幻想能力極強的人。作為樓下影碟出租店的常客，那時候TVB的電視劇四十分鐘一集，播完取出碟片，我傻坐在地上，再腦補四十分鐘的番外。小學學畫畫，聽聞畫室的學姊收到了霍格華茲的來信，上過一年的魔法學校，當晚我拽著棉被一角，誠惶誠恐地盯著自家窗戶，試圖迎接那隻不請自來的貓頭鷹。天花板上的樹影招搖，不經意一瞥，似撞見攝魂怪，整夜不敢闔眼。

上課永遠有辦法消磨時間。想像自己是被選中的超能力者，上天入地教訓突襲的怪獸，或是用鉛筆在桌上畫漫畫，畫完一幕擦一幕，橡皮屑散落在座位四周，如同布了結界。有一次上課老師忍不住問我：「你到底一個勁兒在擦什麼？」我說：「老師，桌子它……髒啊。」那時我還不懂潔癖這個詞，否則說出來應該很前衛。

在自家臥室裡度過漫長自習的方式，一種是堅持扮家家酒的玩法，用玩具和手辦導演劇情，還有一種，耳機裡偷偷放著音樂，我自己對口型演繹MV。枯燥的學習生活再是一潭死水，也經不起我在岸邊扔石頭打破平靜，青春總是忙碌，都比溫書用功。

學生時代的我，不算怪異小孩，偶爾半透明，被班上幾個小混混同學拿胖和聲音戲弄，思來想去也稱不上霸凌，也不知道自己身上這種「請勿打擾」的氣質從何而來。我不擅交友，日常交流的對象，基本就以課桌為圓心，前後左右的那幾個同學。

直到此刻，生命中沒留下太多保持聯絡的老同學，不覺得遺憾，唯一能讓我偶感空落的，是明明每個人都有的青春，輪到我錨點時，精彩的回憶站得老遠，根本定位不到我心裡的海。

成了作家之後，有了世俗定義的「成功」，經常需要在各種場合回溯自己的成長路。除了上述的自娛自樂，其實我不太有顯性的文學基因。自小在成都市郊長大，生活半徑以十分鐘步行丈量，與家人囿於自在又疏離的安全繭房，出門叫「上街」，去市區叫「進城」。

上街大多是為了隨家人趕集，進城的目的相對私人。我喜歡獨自泡在城裡的大書店，家人以為我愛閱讀，不吝於給我買書，但其實我愛看的是《哈利波特》和《雞皮疙瘩》，還有那種用一張摩爾紋原理的卡片去解密的閒書。為了達到目的，只好雨露均霑，在文學名著和教輔中，偷偷夾帶幾本自己真實喜好的書。那些年書買了不少，看得下去的不多，我這個人設堅持到現在，愛讀閒書，愛買書，買過即看過，看過就忘了。

一直很佩服那些看經典名著不犯睏，且能清楚記得一長串人名翻譯的讀書人。凡是他們讀過的書，便能咀嚼成自己的養分，在適宜的場合將這些有閱讀門檻的段落信手拈來。換作我，無論面前的是山珍海味，還是早餐攤的一碗麵糊，都是囫圇吞下，當下溫飽，只會說，好吃，隔一段時間之後，反問自己，我吃過嗎？

我腦中太多怪力亂神，下筆很少猶豫，作文課的隨堂作業花二十分鐘就寫完了，還常被語文老師當作範文來念。現在想來，要感謝他，因為只有他懂我的文風。

那時無論是作業還是大小考試，我常寫寓言故事，不管何種題材，即使給一段材料寫說明文，我也要虛擬一個世界觀來暗喻。比如用丟失法力的魔法師，來寫追求夢想的人；用風之國裡隨意飄蕩的蒲公英，喻我最好的朋友。角度確實刁鑽，八百字的作文，不認真看完前四百字，很難知道我在寫什麼。因此，只要遇上我的語文老師改卷，作文分就高；遇到其他老師盲測，就說我偏題。這使我的語文成績非常不穩定。

後來聽說老師改作文的方式一般只看開頭和結尾，於是我換了個寫法，開頭結尾直抒胸臆，再加大段排比，餘下四百字的任性都放中間，才勉強過了考試這關。

中學喜歡買各種雜誌月刊，參加過一位漫畫家的簽售，因為羨慕可以在一本書的扉頁簽上自己的大名，回來後我也給自己設計了一個簽名，還裝模作樣地在空白的作業本上練手。這或許就是年少無知的我，誤打誤撞向宇宙下了訂單，才讓我日後在扉頁上簽了無數遍自己的名字。

從未參加過任何作文比賽，唯一留下的文學痕跡，是六年級在作業本上寫的恐怖小說。有一年春節回家，從床下的櫃子裡翻出這個本子，封皮已經發黃捲邊。開頭第一段寫著溫馨提示：本文含有血腥、恐怖的描寫，請閱讀前仔細考慮。體貼入微，多少有點可愛在身上，很想給那時的我，一個隔空擁抱。

這個世界就是這樣的，越發結果導向，當我成為今天的我時，所有的過往，就都有了意義。如果我留在老家，仍然在十分鐘步行的圈裡生活，星辰大海是內心執念，唾手可得的只有油鹽醬醋，做著一份朝九晚五的工作，為明天織繭，供養一個更搆不著的明天。當重新翻出這個作文本時，我只會說：「看啊，都怪我上學時不認真，不懂得知識改變命運，偷偷開了一個普通的小差，就為多年後的荒唐，埋下了伏筆。」

所以我不相信成功學，成功是向外的定義，它有一種太多複雜因素的拉扯之感，更像服務於他人眼中的自己，是一種慣性陷阱。正如「柏林定律」所說，成功的最大障礙，莫過於取得不斷的成功，站在高處會忘記自己到底要什麼。

直到現在這個年紀，看到那些能被世人仰望的發光的人，我仍覺得是天賦和運氣使然，努力占據的比例，只有在需要鼓勵別人的時候才被提起，包裝成一個好像誰都可以成為天之驕子的範本。況且在這個功利的世界說成功，沒有意義，因為除了自己的親人，人們大體上是不願意看到別人太成功的。

前幾年書店的暢銷榜上，都是勵志成功類的書，而這幾年聊的是鈍感力和心靈療癒。當世界的日常運轉變成跌宕起伏的劇本時，身為字句的我們，只想躺平和別太拚。一副要共沉淪的姿態。

我自己也深有感觸，換作幾年前的我，同樣的雞湯，我會寫：人生所有的經歷，都是有跡可循的，每一步都算數，就像拼樂高，如果少了一兩塊零件，也許會不穩。但現在的我會寫：拼過樂高的人都知道，那麼多精密的零件，經常容易弄丟一兩塊，但不必勉強找到啊，因為其實根本不影響你拼完它。

我更喜歡用「滿意」來形容人生，它是一種向內的質問，畢竟這一生，是自己的事。你此時做的事，是你真實想做的嗎？你現在的生活，讓你感到舒適嗎？你愛的人，也愛著你嗎？其實很多問題，自己都能給出答案。如果答案是積極的，那其實你就已經與過去和解，重視現在和不懼未來了。如果不是，也沒關係，運勢和緣分是流動的。所有的困惑都處於當下，但你肯定會往前走，因為我們這一路，都要被迫放下帶不走的林林總總，然後迎接下一個困惑。

很多問題最後不是解決掉的，而是忘了，算了，來都來了。

想到電影《東邪西毒》的一段臺詞：每個人都會經過這個階段，見到一座山，就想知道山後面是什麼，我很想告訴他，可能翻過去，你會發覺沒什麼特別。

這很像我這些年的體驗。

每寫一本新書，爬一座山，無論翻山越嶺之後或熱鬧或冷清，都要面對接下來的一句——然後呢？即使劇透給你，沙漠的後面，是另一片沙漠，而偏執如我們，仍然會親自去經歷，即使預見了所有的悲傷，依然願意前往。所以神明從不擔心人類會無聊，因為他們是最會折騰自己的物種。

我想隻身站在曠野中，等待一場精神世界的大雨，在外人告訴我該如何如何的時候，那場雨傾盆而下，天地架起長梯，那時每個雨滴都是為我降落的，聽到的每處拍打聲都是自由的喊聲，淋濕的每寸皮膚都在真實地活著。

十八歲的成人禮上，心理專家說，下面要抽一位同學上臺，與大家分享他剛才想像的未來畫面。那一瞬間是最佳薛丁格，明明只抽一個人，搞得全年級都很緊張。很不巧，專家點到了我，我大步流星地上臺，渾身散發著自信，眼中有光。

「I have a dream（我有一個夢想），我會成為著名作家，站在最高領獎臺上，作品享譽全世界。」

現場掌聲不絕，而另一個薛丁格的我站在臺下，隱於人群中，我用力呼出長氣，圓滾滾的肚皮終於放鬆。慶幸沒有被點到，今天的好運氣值得晚上多吃兩個肉包子。

當時幻想的未來畫面，我到現在還記得。我想有一家自己的影碟店，我就坐在門口，一邊關注著小彩色電視上的最新劇集，一邊為租碟的客人登記資料。身後整齊碼放著厚厚的資料夾，裡面零星夾著幾本喜歡的書，還有新寫的自娛自樂的小說。旁邊養的小狗吠個不停，它一定想著我桌上那盤清爽的西瓜。

還是這個我比較真實。

時間行進至此，ＶＣＤ機這個介質早已消失了，而我是各大影音網站的高級會員，實在看不了的，還能找盜版資源。我當然沒有成為著名作家，但在北京有一個朋友圈，大家來自各行各業，自嘲不著名，於是叫「者名家族」。所以我是者名作家，草，不重要。

從為別人活著到為自己活著，是一段周而復始的迷宮；從索取幸福到感知幸福，是一次賣力的拔河；從認清生活到熱愛生活，是一場永恆的跋涉。這一路，若合我意，一切皆好。

後記

還要一起看很久的月亮

寫這本隨筆集，讓生活回到了單一的狀態，一天除了吃睡，基本就只有這一件事。在海邊寫了一段時間，回到城市裡，又泡在各種自習室進行創作。其實隨筆的寫作體驗不及寫小說自由。虛構的故事，是與外界的一場擁抱，因為沒有條條框框的限制，便可以往最遠的星辰大海跑去。只是過程會累，更需要喘息。

而隨筆，像是點一盞孤燈，給自己營造一個相對封閉的小世界，不顧外面的風雪，脫掉束縛的外套，穿上自己喜歡的睡衣，坦誠交代自己的人生。

寫到深處，甚至有種人之將死的錯覺，飛蠅撞上頭上微弱的燈火，翅膀灼燒成灰燼，落在某處情深義重的字句上，恍然像是跋涉這短短數年的遺書。

很多作者都出版過隨筆集，反觀自身，寫了十年的書，這竟然是第一本隨筆散文集。其實這些年有好幾次寫散文的想法，但反覆思忖，還是否了。一來實在不喜歡回望，這是一個耗心神的事，要將過去的回憶從腦中上鎖的匣子裡取出來，如果是圓滿的還好，就怕連帶著那些雞毛蒜皮的事，唐突地一併取出，讓自己清醒，又要傷心一次。二來我是一個很有界限感的人，有些事連跟親密的朋友都懶得說，更何況與遠方的客人攀談。

創作小說，虛虛實實都有糖衣裹著，如何生長，是讀者決定的。但隨筆不行，散落絮叨，敲下的每個字，都想盡量讓那些洶湧的、失控的、俗套的、私密的真實經歷變得有聲有色。

小說走腦子，隨筆交心。

常被讀者說，羨慕我的工作正好是我的愛好，而他們都在做自己並不喜歡的工作。我必須坦誠，我是幸運的。但是有些人將工作看得太高尚了，工作就是工作，做好它，賺到錢就可以了，並不需要愛上。

其實如果把一個愛好變成工作，同時也就失去這個愛好了。因為會患得患失，會消耗很多情緒，會有別人無法想像的壓力，覺得對不起自己，對不起他人，變得自負又擰巴。

回看我曾經的文字，青澀但珍貴，幾本書的積累，讓青春作家的標籤定型。標籤這個東西好壞參半，能夠讓人一眼認知，同時也將自己牢牢焊在那個固定的貨架上。

書是寫作者真實的年輪，每本書我都試圖讓路過的人看一眼我的成長，可力有不逮。有過迷茫，但也自省，不能享受了暢銷的熱鬧，又想要遺世獨立，占用了關注帶來的所有好處，被指責也是應有之義。

我真正要做的，是不辜負那些情深意切的喜歡，有人願意在陪伴中讀懂你，本身就是緣分的命題。

看完這本書的讀者，應該能窺探到很多我從未提及的自己。寫這本書之前，情緒不太好，或許與大環境有關，也或許只是創作焦慮。

每本書的寫作過程，幾乎都伴著與自我和他人的極限拉扯，包括這本隨筆集，我深知這一過程中充滿冒險。站在市場角度，隨筆門檻太高，人們經過這些年資訊流的衝擊，對文學越發挑剔，容忍新作的能力降低，更何況我仍被劃分為青春作家一流，或許早就過時了。有太多短影音可以填補思維的空缺，即便要看，經典書一讀再讀，也盡是收穫。

我知道自己只是一顆普通的星星，每次發光都來之不易，更要珍惜羽毛。兩年沒出版新作，風雲變幻，怕被讀者拋棄，又不想被讀者牽絆；想證明自己，可是沒有那麼多人會為你停留，捨棄自己的時間，只為了解你的成長；想有自己的表達，都賴給外界的負能量，沒心情說半個字。

我很少失眠，往往只有第二天要去旅行，才會像個興奮的小孩精神抖擻。有段時間我常睜眼到半夜，睡得很淺，房間要完全遮光，一點聲音也不能有，否則只要驚醒，腦中就會反覆咀嚼這些苦楚。我是個靠想像力工作的人，尤其在思緒茂盛的半夜，更會預演很多提前疼痛的畫面，愈想愈難過。

我想過辦法解決，靠一點要強的天分，強迫自己動筆寫新書，思考了很多方向，記錄靈感的紙筆放在一旁，電腦開在眼前，卻什麼也寫不出。人生最難過的，就是想要有改變的決心，卻沒有為此奔赴的勇氣。

那些還沒有離開的讀者，仍然耐心等待我的新作品，說這麼多年過去，我的文字還是在照亮他們。都說我是星星，可那段時光，好想有人擁抱我，以撐起我不小心的墜落。

這幾年，我看到好多人心理情緒出現問題，原生家庭的陰影，社會對男女性別的差別對待，還有明明享受了時代福祉的前輩，扠著腰油膩地教導我們還不夠努力。物極必反，大家都不想再卷了，不必表演優秀，不必向妖風致意，更不必向外界證明是最好的自己。

我也是。出書這十年，我站在岸邊，像在獨自放煙火，外人就站在安全距離禮貌地鼓掌，他們說：好漂亮，好燦爛，好喜歡你，你是對的，你全都是對的。我堅持每本書精緻的裝幀，像禮物一樣的書名，寫快節奏沒有尿點的故事，眼花繚亂的宣傳，聲稱每本書都不一樣，但仔細想來，似乎也一樣。我自己嘟著嘴，也覺得索然無味了。

我決定不放煙火了，去他的掌聲和鮮花，人生本就是空手來去，在高低的聲勢中拯救自己。

從前說過一句很官方的話，我說只要還有一個人願意看我寫的東西，我就會繼續寫。那時面對成百上千的現場觀眾，這話說得挺口是心非的，年少貪心，只想讓愈來愈多的人喜歡我。現在想來，寫到最後，不真就是為了那幾個留到終場的觀眾嘛。我想停一停，收起野心與爭辯，不去更遠的遠方了，轉而回家，收拾心房，聊聊我們共同面對的生活。

動筆之初，不太習慣，或許還有包袱，寫得不順，直到寫故鄉龍泉，回憶的鎖扣被打開，與故鄉有關的好幾篇都是一氣呵成，連著寫完的。所以我決定把這些我最私密，或許也最與讀者共情的篇目放在開頭。

過去我很少提及故鄉，畢業後毅然決定來北京，多少帶著與過去永訣的心態。故鄉於我，是灰色的。狹小的鎮子裝不下夢想，欺負過我的同學，只看成績的勢利老師，除了家人，我對那座圍城沒有多少留戀。撿起過往，太多心傷，那充滿煙火氣的逼仄街道組成了熟悉的地圖，我以為我忘記的，卻比任何時候都記得清楚。之後，不願再提的故人，塵封的往事，藏匿的弱點，哀傷與快樂並存的情緒，一一交付於這本書了。

當表達自由時，心便豁達了，更加確定創作這本書的意義和目的。閱讀至此的讀者，都是我邀請來的客人，來都來了，也來我的臥室參觀一下吧，我把床頭櫃的抽屜都拉出來給大家看看。

寫這本書的過程從頹喪至坦然，從每個字句都斟酌，到每個話題信馬游韁，你若通讀一遍，或許能察覺出一些情緒起伏的轉變。

我喜歡月亮，雖然它沒有太陽耀眼熾熱，但在長夜中出沒，溫柔地反射著太陽的光，抬頭便能看見，慰藉了多少深夜失意的孩子。這本書也像月亮，承載了我的陰晴圓缺，或者有幸也能代入你的悲歡離合。除開這篇後記，前二十九篇隨筆，就視作二十九天的夜晚吧，那些月亮逐漸由缺變滿的二十九天裡，有眼淚，有遺憾，有憤怒，也有悲哀，它或許不夠完美，但我們不能只賞十五的月圓，卻不記得餘下的缺。

不過沒關係，我們不會永遠困在昨天，當我們抬頭看二十九次月亮，看到這裡時，希望你的心上能夠升起一輪圓月。

我不在意這本書的生命力，不用過幾年，也許就到年末，再看其中的一些文字，我自己都會嫌棄，但這就是隨筆的可貴之處，記錄此時，活在此時。像是在永不打烊的酒館，飲了七分將醉未醉，拋下十斗未滿的杯盞，執筆寫故事。有醉話，有絮叨，有嘆息，也有笑，皆為真心。

唯有真誠者才能識別真誠。

我寫過的書裡，總提到《冰川時代》裡的那隻松鼠。我喜歡這個角色，因為它永遠都在追尋那顆橡果，可永遠也得不到。或許正是因為「得不到」，所以「永遠」。就像這本書裡提及的一些感受，也許你很認可，耐心抄寫下來，某句還有幸成為你的個性簽名，也或許你潦草看過便忘了，都無礙，怎樣都好。這十幾萬字瑣碎的篇目，也就是一顆小小的橡果，吃下也好，弄丟了也好，都會結束，也都會開始。

這個世界太吵鬧了。如果你無畏，有人說你冒失，如果你害怕，有人說你沒用；如果你善良，有人說你軟弱，如果你堅硬，有人又說你用力；如果你好看，有人說你的成就空有皮囊，如果你不夠好看，有人又說外表至關重要；如果你賺不到錢，有人說你這輩子就是如此普通，如果你優秀，有人說都是運氣好；如果你在親密關係裡受傷，有人說是你自己不表達，如果你表達痛苦，有人說你沒有被討厭的勇氣；如果你不想結婚，有人說可惜，如果你結婚了，也有人說可惜。

你無法改變這個世界上的大多數人與事，但可以捂住耳朵，悄悄改變自己。此生好短，不要長嘆。

電影《宇宙探索編輯部》的結尾，各類星系組成了偌大的宇宙，而宇宙最終形成DNA基因組，很像我看過的書提及的概念。我們即是宇宙，宇宙即是我們。或者說，因為有了生命，才有了宇宙。而我們的基因裡，天生寫下了愛。

我們經過長夜，只要抬頭，月亮都還在。你只需確定，餓了煮冬雪，深秋抓落葉，盛夏淋雨也浪漫，曠野的春光都不及你燦爛。

就以這本書作為暗號，願我及我的讀者都長命百歲，情緒健康，美好大方，還要一起看很久的月亮。

微文學60

抬頭看二十九次月亮

作者 張皓宸
責任編輯 龔槵甄
校對 劉素芬
美術設計 王瓊瑤
封面繪圖 Damee Wu

總編輯 龔槵甄
董事長 趙政岷
出版者 時報文化出版企業股份有限公司
一〇八〇一九 臺北市和平西路三段二四〇號四樓
發行專線 （〇二）二三〇六六八四二
讀者服務專線 〇八〇〇二三一七〇五
（〇二）二三〇六六八四二
讀者服務傳真 （〇二）二三〇四六八五八
郵撥 一九三四四七二四 時報文化出版公司
信箱 一〇八九九 臺北華江橋郵局第99信箱

時報悅讀網 www.readingtimes.com.tw
法律顧問 理律法律事務所 陳長文律師、李念祖律師
印刷 家佑印刷有限公司
初版一刷 二〇二四年一月二十六日
定價 新台幣三八〇元 （缺頁或破損的書，請寄回更換）

時報文化出版公司成立於一九七五年，
並於一九九九年股票上櫃公開發行，於二〇〇八年脫離中時集團非屬旺中，
以「尊重智慧與創意的文化事業」為信念。

抬頭看二十九次月亮/張皓宸著. -- 初版. --
臺北市：時報文化出版企業股份有限公司，
2024.01
面；　公分. --（微文學；60）
ISBN 978-626-374-794-4(平裝)

855　　112021923

ISBN 978-626-374-794-4
Printed in Taiwan